Coffee Diary
커피수첩

커피수첩

사랑하기 전에 먼저 만나고, 즐기고, 음미하라

초판 1쇄 발행 | 2008년 9월 10일
초판 6쇄 발행 | 2015년 4월 4일

글·사진 | 김정열
펴낸이 | 김남석

펴낸곳 | (주)대원사
주 소 | 135-945 서울시 강남구 양재대로 55길 , 37 대도빌딩
전 화 | (02) 757-6711(대)
팩시밀리 | (02) 775-8043
등록번호 | 등록 제3-191호
홈페이지 | www.daewonsa.co.kr

값 14,000원

Daewonsa Publishing Co., Ltd.
Printed in Korea 2008

ISBN | 978-89-369-0795-2 03810

잘못 만들어진 책은 바꾸어 드립니다.

Coffee Diary

커피 수첩

사랑하기 전에 먼저 만나고,
즐기고, 음미하라

글·사진 | 김정열

커피 여행의 동반자들……

이 글을 쓰면서 많은 사람의 도움을 받았다. 이름을 밝히기 어려운 이들도 있지만, 특히 아래 네 사람의 도움이 있었기에 글을 수월하게 쓸 수 있었다. 이들이 추천해준 카페 중에는 요즘 트렌드와 어울리는 곳도 있었고, 카페를 시작하는 사람들이 꼭 한 번은 가봐야 하는 곳도 있었다. 나는 그들의 감각을 믿고 무턱대고 찾아간 곳도 있었다.

이들은 하는 일도 다르고 나이도 다르다. 생각하는 것도 다르며 추구하는 것 역시 다르다. 그러기에 삶의 방식도 다르다. 한 가지 공통점이 있다면 그건 커피와 카페와 사진을 좋아한다는 정도랄까?

나는 이들 모두를 카페에서 처음 만났다. 물론 손님과 손님으로…… 나는 낯을 가리는 편인데, 이들 역시 사람을 쉽게 사귀는 스타일은 아니다. 하지만 카페에서 자주 보게 되었고, 언젠가 부터는 '어서 오세요' 혹은 '안녕히 가세요' 등의 인사를 하면서 인연의 고리가 맺어지게 되었다. 그리고 이제는 새로운 카페가 생기면 함께 가보기도 하고, 누가 커피를 사면 다음에는 다른 이가 사는 그런 관계가 되어 버렸다.

우리는 누가 무슨 일을 하는지 속속들이 알려고 하지 않는다. 그저 카페에서 만난 인연만큼만 배려하고 함께 커피를 즐길 뿐이다. 그런 것이 좋다. 어떤 격식을 차리거나 신분의 격차로 어려운 자리가 되는 것보다 이렇게 편하게 커피를 나누는 것이 좋다. 이 글 속에 있는 여러 카페들은 처음부터 이들이 골라준 카페고, 함께 커피를 마신 카페이기도 하다. 그리고 이들 역시 언젠가 멋진 카페 하나 갖는 것이 소원인 사람들이다.

황 아저씨 ··· 사진가

본명 황진. 늘 넉넉한 웃음과 자신이 즐겨 촬영해온 해태상이 얼굴에 묻어나는 사람이다. 넉넉한 뱃살과 어울리는 푸근한 인상으로 인심이 좋다. 본래 하는 일은 사진. 그의 카메라 앞에 포즈를 취한 사람들만 해도 부지기수. 곧 예술가의 반열에 올라갈 것 같다. 그리고 그는 진돗개 마니아다. 백구, 황구, 흑구 등 멋진 녀석들을 키우고 분양해준다. 나도 한 마리 얻었다.

커피? 그는 얼마 전까지 〈해피칼라〉라는 멋진 카페를 가지고 있었다. 우리나라에서 가장 괜찮은 카페 가운데 다섯 손가락 안에 꼽힐 정도로 멋진 카페였다. 그의 미각과 예술 감각은 타의 추종을 불허한다. 커피와 카페에 관한 정보는 그에게 물어보면 백발백중. 주인장과 커피 맛, 그리고 카페의 미적 감각 등을 줄줄이 꿰고 있다. 인사동 쌈지길이나, 여기 소개된 카페 가운데 한 곳에 있다 보면 아마도 그를 만나게 될 것이다.

강사마 ··· C일보에서 퇴직 후 급기야 카페 개업

본명 강만규. 소위 시크하고, 스타일리시 하다는 말은 이 양반을 두고 하는 말이다. 손꼽아보니 나보다 세상을 조금 덜 살았다. 하지만 그의 경력은 화려하다. 안경과 옷과 신발과 자동차, 그리고 그가 차고 있는 시계는 그를 정확하게 표현해준다. 사진 찍기를 엄청 좋아해서 재테크까지 카메라로 할 정도다. 앙증맞고 레어한 아이템을 모으는 그는 사진도 좋아하지만, 카메라를 더 귀여워하는 편이다.

그가 남보다 뒤지기 싫어하는 것 가운데 하나가 와인이다. 주량은 모르겠으나 그의 풍부한 지식과 테이스팅 실력은 대단하다고 알려져 있다. 그러니 그가 섭렵한 맛난 집, 멋진 집이 얼마나 되겠는가? 이 책에 나오는 대부분의 카페를 가장 많이 돌아본 장본인 가운데 한 사람이 바로 강사마다.

그를 지금 당장 만나고 싶다면 삼청동 근처나 목 좋은 곳을 다녀보라. 아마 카페할 만한 자리를 찾느라고 거리에서 눈을 이리저리 굴리고 있을 것이다. 그것도 아니면 카페를 하나쯤 시작하고 있던지.

아네모네 ··· 심마니

본명은 박현기. 직업도 안 물어 보았다. 대신 그는 온라인상에서 '아네모네' 그 자체로 유명한 사람이다. 일설에는 산야를 누비며 야생의 꽃이나 식물의 씨를 받는다나 뭐라나 하는데, 확인된 바 없다. 대신 콘클(콘탁스 카메라 클럽)이나 포클(포익틀랜더 카메라 클럽)에서 그의 닉네임을 대면 누구나 안다. 그러니 이 양반 역시 커피, 카페, 카메라 혹은 사진에 몰두하고 있다. 항상 낡은 돔케 가방 안에 구식 필름 카메라를 가지고 다닌다. 가끔씩 꺼내 사진을 찍는데, 카메라가 참 멋지다.

그는 어느 누구에게도 뒤지는 것을 싫어한다. 모르는 게 없어 보이는 사람이다. 특히 트렌드한 디자인이나 감각적인 것들에 무한한 관심을 가지고 있으며, 눈에 띄는 디자인이 있다면 해외 구매대행을 통해서라도 꼭 구입해야 직성이 풀린다. 하지만 조용한 성격의 소유자이다. 대신 커피나 새로 문을 여는 카페는 그가 꽉 틀어쥐고 있다. 커피 업계의 소식은 물론이고, 지금 뭐가 유행하고, 어디에 새로운 메뉴가 등장 했는지 정확하게 꿰고 있다. 산에서 혹시 골목에서 낡은 돔케 가방을 들고 누비는 사람이 있다면 물어보라. 혹시 아네모네 님 아니신가요?

coffee

선희 씨 ··· 커피 전문가

본명 사선희. 커피 경력이 꽤 돼는 소녀. 지난 번 봤을 때 흰머리가 있는 것으로 보아, 글쎄…… 나이를 정확히 알 수 없지만 커피를 얼마나 했는지는 대략 감이 잡힌다. 해병대 출신의 서 사장님과 더불어 〈칼디〉를 꾸리고 있었는데, 늘 공부하는 자세가 돋보였다. 공부? 커피 말이다. 어떻게 하면 맛난 커피를 내려 마실까, 혹은 맛난 커피를 손님들에게 제공할 것인가, 하는 것이 그녀의 화두였다. 그래서 남들이 안 하는 짓을 나름 많이 한다. 지금은 카페 〈칼디〉를 그만두고 어디에선가 커피를 볶고 있다는 소식이…….

최신 커피 경향에 가장 발 빠르기 때문에 웬만한 커피 관련 정보는 다 알고 있다. 특히 커피 한번 잘해 보겠다고 일본어까지 공부하고 있으니 참 갸륵하고 멋진 일이다. 사실 커피 쪽에서 아녀자가 오랫동안 몸담으며 일인자가 되기 힘든데, 머지않아 훌륭한 커피하는 사람이 될 것 같다. 그녀는 현재 자유인. 커피와 관련해서 그 폭을 넓혀가고 있는데 어쩌면 커피 산지를 여행하고 있을지도 모른다. 그녀는 아마도 세 곳 가운데 한 곳에 있을 것 같다. 이 책에 소개된 어느 카페, 혹은 커피 산지, 아니면 조용히 커피를 볶는지도……

나의 커피 편력기…

20년 동안의 기록

정확한 것은 아니다. 단지 그때, 그 즈음으로 기억한다. 커피를 처음 마신 것은 지금
으로부터 20여 년도 훨씬 더 전인 고등학교 때쯤인 것 같다. 고등학생이 커피라고?
흡연이나 술보다는 낫지 않은가? 처음 맛본 커피는 남대문 시장에서 어렵사리 구한
미제 가루커피였다. 자의가 아닌 선생님의 권유로 마셔보았다. 시작은 마치 수도사
들이 잠을 쫓기 위해 커피를 사용했던 것과 같은 의미였다. 금요일 밤을 꼴딱 새우
며 기도에 집중하는 소위 '철야기도'를 위해 아주 자연스럽게 커피를 마시게 되었
다. 어떤 목적을 가지고 커피를 마신 것이다. 하지만 그 달콤한 입맞춤은 더 이상 잠
을 쫓기 위해서가 아니라 새로운 세계로 인도하는 로렐라이 언덕의 노랫소리와도
같았다. 달콤함 뒤의 은근한 끌림. 중독이 아닌 습관.

　그리고 커피믹스라는 놈이 태어났다. 성냥갑 크기의 직사각형 비닐봉지에 커피
와 크림, 친절하게 설탕까지 담겨져 있었다. 이 녀석은 곧바로 내 삶의 여행에 동행
했다. 어디를 가든 가장 먼저 챙기는 것이 바로 이 녀석이었다. 어디 나만 그랬으랴.
나와 동시대를 살았던 대부분의 사람들이라면 행복한 여행을 꿈꾸며 배낭 한쪽 구
석으로 커피믹스를 밀어 넣으며 흐뭇한 미소를 지었던 기억이 있지 않을까?

　서부 영화의 주인공으로 나왔던 외국배우가 커피를 마시며 "음, 맥스웰, 배전두
커피"라고 짤막하게 말하는 그 장면은 그야말로 커피가 뭔지도 모르는 내게 강한
이미지로 자리 잡았다. 선택의 폭도 없었고, 그저 원하는 때에 마실 수 있으면 좋겠
다는 소망만이 있었을 뿐. 그게 믹스든 혹은 병에 든 것을 조제한 것이든 말이다.

맥심이었던가? 선택의 폭이 넓어진 계기가? 지금 생각하면 그저 비슷한 수준의 맛일 뿐인데 '맥심은 부드럽다' 느니 하는 마음의 동요가 일어났다. 그동안 너무나 고운 가루에 길들었던 자들의 눈에 들어온 비정형의 굵은 가루가 더 맛나지 않을까 하는 은근한 기대 때문이었는지도 모른다. 그 전후의 역사는 차치하고서라도 맥심이 훨씬 고급이라고 내 자신도 굳게 믿었다. 물론 가격이 조금 비쌌던 것도 하나의 이유였다. 그러나 그 후에 미제 시장을 통해 흘러온 '초이스 커피'는 그동안의 상식을 깨뜨려 버렸다. 맥심? 그것은 옛 애인일 뿐이다. 역시 '미제가 최고야' 라며 커피를 바꾸어 버렸다.

커피를 캔에 넣어 팔았던 사람은 정말 머리가 좋은 사람이다. 시간이 나면 그 역사도 한번 추적하고 싶을 정도다. 믹스의 문제는 늘 물이었다. 믹스 자체는 편리함의 극치였는데, 끓는 물을 항상 조달해야 한다는 치명적인 약점이 있었다. 초창기에는 믹스 안에 있는 크림이 미지근한 물에는 잘 녹지 않아 커피와 덩어리가 되어 둥둥 떠다니곤 했다. 어떤 때는 커피를 마셔야겠는데 물이 없어 그저 믹스만 입에 넣고 씹은 적도 있었다. 이것은 마치 미완의 완성품 같았다. 하지만 캔 커피가 나오면서 모든 고민이 말끔히 사라졌다. 비록 그 부피가 걸리기는 했지만 완제품을 가지고 갈 수 있다는 흥분에 그 정도의 불편함은 감내할 수 있었다. 더구나 이 녀석은 뜨거운데 놔두면 뜨거운 커피로, 냉장고에 넣어두면 냉커피로, 두 세계를 오가는 양면성을 지니고 있었다. 그러니 어찌 사랑하지 않을 수 있으랴.

　이쯤 되면 커피 관련 발명품은 나올 만큼 나온 상태다. 이때 변화가 생겼다. 누군가 커피가루를 가지고 온 것이다. 케이스가 푸른색이 감도는 예쁜 캔이었는데, 흔들어 보니 사각사각 가루 흔들리는 소리가 났다. 냅다 뜯어보니 믹스는 아니었다. 혹시 이거 원두커피라는 놈이 아닐까? 아니긴 왜 아니겠어? 얼른 차가운 물에 타보았다. 여름에 받았으니 당연히 차가운 물에 넣었지. 물 위에 떠 있는 커피는 10여 분이 지났는데도 가라앉을 줄 몰랐다. 휘휘 저어도 보고, 탁자에 잔을 톡톡 내리쳐 보기도 했지만 대부분의 가루들이 물에 녹지 않고 그냥 떠 있었다. 결국, 마시기를 포기하고 선물한 사람을 욕했다. 지금 생각하면 참 어이없었다. 그리고 나는 다시 믹스로 돌아갔다.

　다방에 가면 조제커피를 마실 수 있었다. '2+2+2'의 황금비율을 여기서 배웠다. 커피와 크림과 설탕의 절묘한 조화. 너무 쓰지도, 달지도 않아야 하며 부드러움까지 간직해야 한다. 그리고 항상 방금 내온 잔에는 맥심의 굵고 검은 알갱이 한두 개가 늦게 녹으며 스푼으로 저은 방향을 따라 소용돌이 치고 있어야 한다. 암갈색 커피에 신비한 검은색 작은 띠가 몇 개 보여야만 참다운 다방 커피다.

　보기에는 크지만 실제로 마셔보면 그 양이 너무나 적어 허전함을 이루 말할 수 없는 다방의 커피잔 또한 위대한 발명품 가운데 하나일 것이다. 투박하고 큼직하지만 반드시 적은 양이 담겨야 하는 그 철학을 이해하지 못하고는 만들 수 없는, 철저히 실용적인 그 커피잔이 그립다.

　그렇게 10년 이상 커피를 마셨다. 그 안에서 할 수 있는 더 이상의 짓거리가 없었다. 커피는 내 단조로운 일상처럼 인생의 한 부분이 되었다. 마치 10년 이상 살붙이고 살아온 '익숙한 마누라' 같은 존재가 되어 버렸다. 물론 커피의 질이 향상 되고, 식물성 커피 크림—그러고 보니 옛날에 먹었던 커피크림은 우지牛脂였을지도—이 나오고, 커피 회사도 늘고…… 아무튼 많은 변화가 있었지만 내겐 그게 그거였다. 그러다가 커피 전문점이 생겼다. '쟈뎅Jardin'을 위시한 커피 전문점 시대가 온 것이다. 그러나 나는 곧 이런 전문점 부적응자로 분류되었다. 믹스가 가지고 있는 상당한 중독성, 다방 커피가 가지고 있는 그 절묘한 달콤함을 버릴 수 없었다. 그것은 마치 고난과 역경을 함께 버텨온 조강지처를 버리는 것과 같았다. 더구나 길들어 있는 입맛을 하루아침에 바꿀 수가 없었다. 설탕과 크림에 단련된 내 혀가 원두커피를 거부하고 있었다. 거기다가 값은 왜 그리도 비싼지.

　그리고는 별다방이 미국 시애틀에서 날아왔다. 내 커피 인생의 '원두' 시대가 본격적으로 열린 곳은 바로 별다방의 이대 앞 1호점에서였다. 새로운 세계였다. 입맛? 그것은 그저 핑계일 뿐이었다. 다소 비쌌지만 나는 내 커피 인생을 업그레이드 시키고 싶었다. 지금 생각하면 철저히 마케팅에 이끌린 것이지만 그땐 그저 황홀했다고나 할까? 마치 커피의 상류사회로 들어가는 관문처럼 보였다. 아마 나는 한국 최초의 '된장남'이었는지도 모른다. 솔직히 실토하면 나는 극성스러운 별다방 마니아였다. 커피 100잔을 마시면서 찍어온 쿠폰으로 1미터짜리 플라스틱 텀블러를 가장 단시간에 받은 장본인이다. 서른이 훨씬 넘은 나이에 새로운 신대륙을 발견한 것이다. 하지만 그곳에 정착한 것은 아니었다. 그것은 그저 시작에 불과했다.

　서른이 넘으면서 내 자신에게 한 가지 대견한 면이 생겼다. 어떤 사물이든 부딪히게 되면 공부를 한다는 것이다. 예전에는 그저 직관적으로 받아들이지 않으면 배척했지만 이제는 다르다. 한 가지 일에 관심을 가지고 책을 사보고, 더 근원적으로 접근하기 위해 공부를 한다. 별다방이 내게 준 선물은 바로 커피를 공부하도록 하는 자극제 역할을 했다는 것이다. 나는 내 커피 인생의 가장 짧은 기간 동안 가장 많은 커피 공부를 했다. 내 욕구는 원시적인 커피 음료에 다가가길 원했고, 원두며 생두 할 것 없이 닥치는 대로 공부했다. 내 손으로 처음 커피를 볶았던 그날을 나는 잊을 수가 없다. 사무실 가득한 흰 연기 때문에 적이 당황했지만, 연녹색의 커피 빈들이 갈색으로 변이하는 것을 지켜보는데 숨이 막히는 줄 알았다. 그리고 그 녀석을 갈았다. '살아 있는 향……' 무엇에 비기랴. 무슨 말로 형언하랴. 커피 한 잔이 이처럼 감격스러울 수 있다는 것을 마흔이 다되어 가던 어느 가을에 처음으로 알게 된 것이다. 나는 커피와 제대로 눈이 맞아 버렸다. 믹스를 버리고, 별다방을 비웃었다. "오 하나님, 정녕 이 커피를 제가 볶았단 말씀입니까?"

　그리고 소소한 변화가 있었다. 커피 선생을 만났고, 더 깊은 커피의 세계가 있다는 것을 알고는 절망도 했었다. 지금은 마음 편하게 끼적거리지만 믹스에 길들어 있던 달콤한 혀를 청소하느라 애 많이 썼다. 이젠 커피를 사랑한다. 그리고 새로운 소망이 생겼다. 도대체 커피 빈은 어떻게 만들어지는 거야? 꼭 가보고 싶다.

한 달 동안의 기록

요즘 커피, 혹은 카페가 대세다. 카페를 나와 몇 걸음 옮기면 바로 또 다른 카페를 만나게 된다. 근데, 예쁘긴 한데 정붙일 만한 카페가 많지 않다. 나름 멋지긴 한데 무엇인가 알맹이가 빠진 느낌이다. 커피는 기계로 내려서 우유 섞으면 그만이라는 생각으로 팔지는 않겠지만 그래도 무언가 부족한 것이 사실이다.

난 사실 커피 자체가 맛있는 카페가 좋다. 그저 달콤 밍밍한 에스프레소 베리에이션보다는 천천히 나와도, 혹은 너무 쓰디쓴 탕약 같아도 손수 내려주는 드립 커피가 훨씬 당긴다. 이렇다보니 마음먹고 찾아갈 만한 카페가 정작 많지 않다. 마치 홍수 가운데서 정작 마실 물이 없는 것처럼 말이다. 그래서 마음 다잡아먹고 그런 카페들을 찾아다녔다. 직접 볶고, 직접 내려주는 그런 카페들 말이다. 요즘 뜬다고 하는 카페들도 연신 들락날락거리며 찾아다녔지만 내게 맞는 것은 바로 그런 카페들이었다. 그러면서도 치우치고 싶지 않아서 소위 뜬다하는 예쁘장한 카페도 자주 다녔다. 입맛은 높아지고, 눈요기는 더해 갔다. 그러면 그럴수록 만족감보다는 아쉬운 마음이 더 커질뿐이었다.

베네치아에는 '카페 플로리안'이 있고, 프랑스에는 '카페 프로코프'가, 그리고 로마에는 '카페 그레코'가 있다면 한국에는 어떤 멋진 카페가 있을까? 겨울 내내 여기저기 카페를 기웃거리고 사람들을 만나고, 커피와 카페에 대해, 그리고 인생에 관한 이야기를 나누었다. 한 달여 동안 우리나라에서 가장 두드러진 활동을 하고 명성과 명맥을 유지하는 분들, 그리고 최고가 되고, 가장 기억에 남는 카페를 만들고

싶어하는 분들과 그들의 카페를 보았다. 주인장의 명성과 손맛으로 운영되고 유지되는 카페들을 보았고, 그들의 볶는 모습과 내리는 모습을 보며 감동을 받았다. 또한 멋진 내부 인테리어를 앞세워 카페 자체로 승부를 거는 곳들도 가보았다. 그러면서 한결같은 그들의 열정을 엿보았다.

사람을 만나는 것이 쉽지 않은데, 거기다가 카메라까지 들이미는 역할을 하며 낯선 사람들 사이에서 버틸 수 있었던 것은 맛난 커피들을 만날 수 있었기 때문이다. 다른 일로 이처럼 새로운 사람들을 만났다면 아마 이야기 한 편도 완성치 못하고 쑥스러워 하다가 말 일이었다. 하지만 커피를 놓고 마주 앉아 벌이는 이야기판은 항상 흥미진진하고, 마치 전설 같은 느낌을 받게 하였다. 그리고 어느 덧 그 일을 즐기는 사람으로 변하고 있었다. 한 달여 마신 커피의 양은 엄청나고, 저 아랫동네까지 휘돌아온 거리는 참으로 멀다. 하지만 커피 여행은 즐거운 일이다. 미지의 세계와 만나는 기분이 들고, 일반적인 여행이 주는 낯선 기쁨과 더불어 맛있는 커피를 먹을 수 있다는 기대감이 더욱 발길을 재촉하였다.

하지만 가장 행복했던 것은 여기저기 여행하며 커피와 사람들에 관한 살아 있는 향취를 마음껏 누렸다는 것이다. 20년 이상의 내면적인 여행이 가지고 있었던 한계를 깨뜨리고 밖으로 나온 것만 같은 감정이 든다. 딱히 예를 들 수 없는 그런 느낌, 그런 감정들이 혼재되어 있지만 결국 여행은 사람을 성숙하게 만든다는 단순한 진리를 터득했다. 여행은 커피를 더욱 사랑하게 만든다는 사실도.

지난 몇 개월에 걸쳐 추억을 떠올리며 글을 정리하고 사진을 다시 골랐다. 그 당

시의 아련한 고통들조차 웃음 짓게 되는 그 만큼의 시간이 지나자 지겹다고 느껴지고 커피를 사약처럼 조심스럽게 마시던 고통은 간데없고 다시 어딘가에서 나를 부르는 환청이 들리기 시작한다. 아마 그래서 여행을 하고, 또 새로운 카페를 가는 것은 아닐까? 카페가 나를 부른다. 커피가 나의 오감을 자극한다.

어느 카페의 테이블을 벗 삼아

카페 여행자

Special Thanks to···

방학 내내 혼자 놀러 다니는 아빠를 눈 흘기며 기다려준 아이들과 아내. 지난 여행 내내 반겨준 모든 카페와 그 주인장 님들, 함께 다녔던 커피 여행자들, 그리고 이 책의 모든 작업을 주도한 대원사 편집부, 또 발가락으로 찍은 사진에 생명을 불어 넣어준 디자이너 김화수 님께 감사를 드려야 할 듯하다. 마지막으로 나에게 커피를 알려준 커피 선생 조윤정 님에게 각별한 감사를 드린다.

이 책은 다음과 같은 주의 사항이 있습니다.

- 이 책에 수록된 카페나 커피하는 분들은 제가 선호하는 곳이며 사람들입니다. 이 책에 나와 있다고 한국 최고는 아닙니다. 그런 것을 논할 입장도 아니고 내공도 안 됩니다. 또한 이 책에 없다고 나머지 카페들이 형편없다는 그런 생각도 버리시길. 그저 '이 사람은 이런 곳을 좋아하는구나' 하는 정도로 읽으면 편하리라 생각합니다.

- 그러다 보니 몇 곳을 제외한 대부분의 카페가 커피를 직접 볶아서 파는 곳입니다.

- 그곳의 맛난 메뉴, 추천 메뉴 따위는 없습니다.

- 때로는 커피와 상관없는 주인장의 인생론이 있을 뿐입니다.

- 만일, 님께서 진정으로 커피를 좋아하고, 여기 소개된 카페를 가보고 싶어 죽겠다면 인터넷을 뒤지고, 정보를 미리 찾아보는 수고쯤은 할 수 있는 그런 사람일 것으로 확신하기에 이런 어처구니없는 여행기를 마련했습니다.

- 가고 싶고, 그곳의 커피가 마시고 싶어 미치겠는데, 그 어디에서도 정보를 찾을 수 없다면 마지막에는 저에게 메일이라도 한통 넣는 수고를……

gabeholic@naver.com

C.o.n.t.e.n.t.s

Legend, 커피의 전설이 되다

Coffee Diary

Trend, 커피의 오늘을 말하다

 Coffee · Diary

Legend,

커피의 전설이 되다

커피스트 Coffeest

신문로 골목

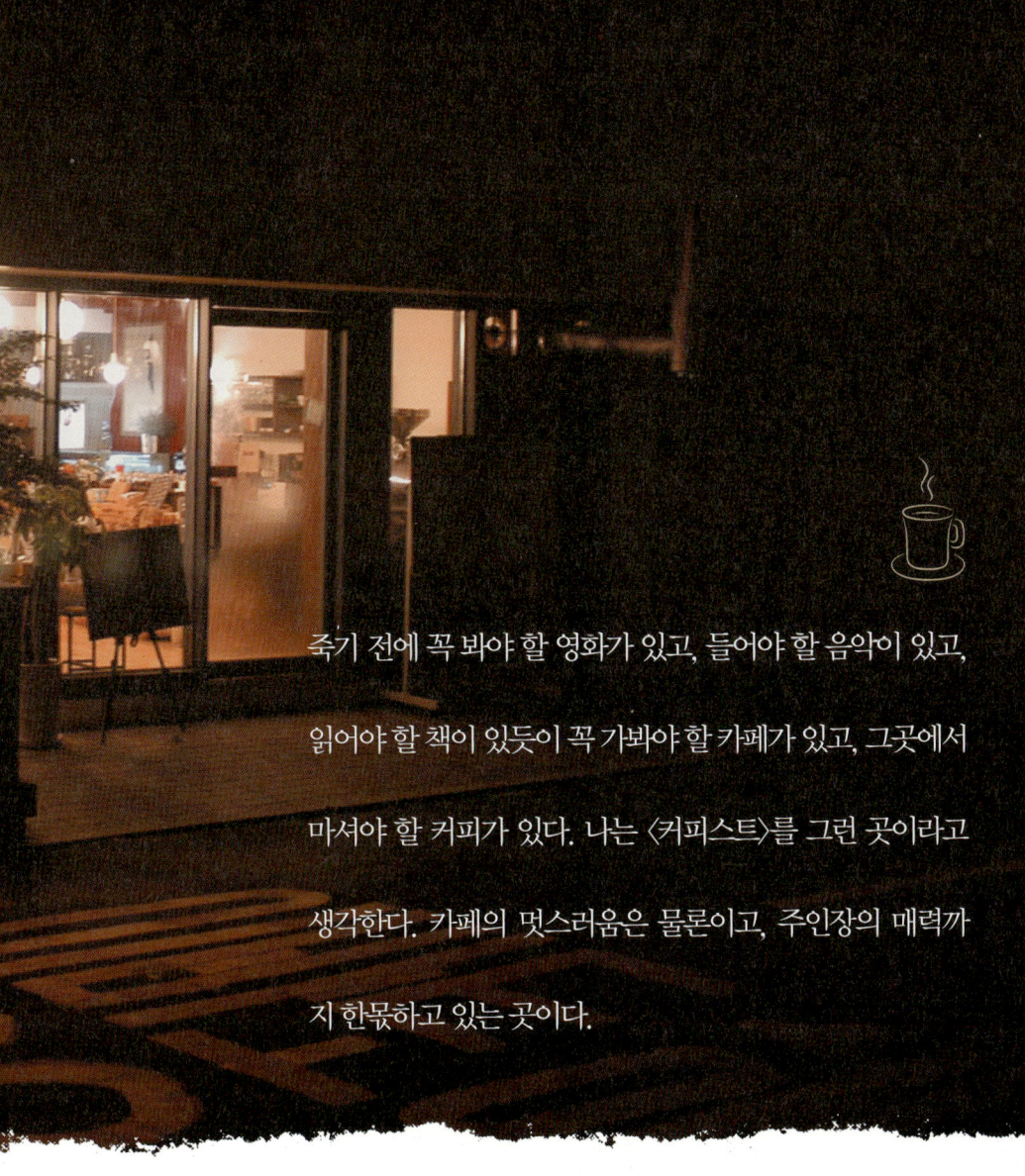

죽기 전에 꼭 봐야 할 영화가 있고, 들어야 할 음악이 있고,

읽어야 할 책이 있듯이 꼭 가봐야 할 카페가 있고, 그곳에서

마셔야 할 커피가 있다. 나는 〈커피스트〉를 그런 곳이라고

생각한다. 카페의 멋스러움은 물론이고, 주인장의 매력까

지 한몫하고 있는 곳이다.

〈커피스트〉는 도심 한복판에 있지만 사실 찾는 것이 그리 쉽지 않다. 광화문 근처 골목길을 헤매다보면 누구나 한 번은 들어봤을 성곡미술관과 마주치게 된다. 그 건너편에 〈커피스트〉가 있다. 이곳을 와본 사람들은 알겠지만, 미로 같은 골목길 한 귀퉁이에 아주 작은 간판 하나를 수줍게 달고서 손님을 기다리고 있다.

〈커피스트〉를 처음 찾은 날을 잊지 못한다. 십 년쯤 된 듯한 나무 테이블과 탁자가 친근하게 나를 반겼다. 낯가림이 많은 나에게 적당히 쉴 수 있는 공간이 주어졌고, 방해되지 않을 정도의 친절에 금방 익숙해졌다. 나는 이곳에서 커피 지인知人들을 만났고, 또 다른 세상을 맛보곤 하였다. 어떨 때는 이곳이 마치 내 개인 사무실처럼

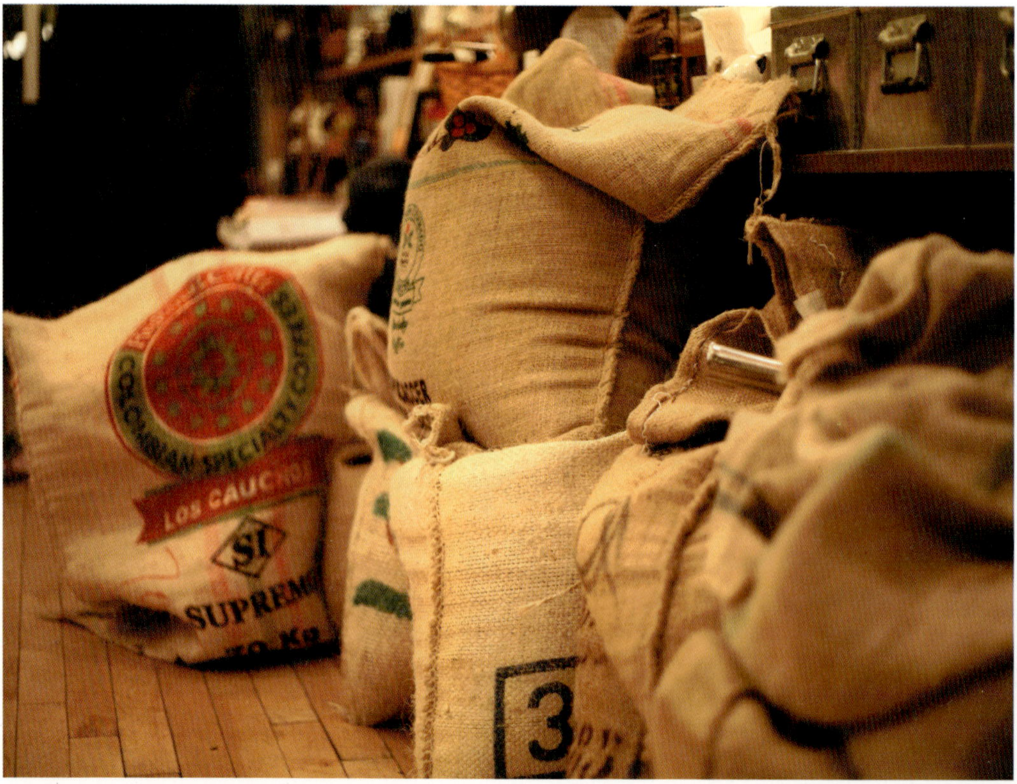

"Coffeest가 죽어가던 날 살렸다"라는 아주 작은 메모를 발견하고
이곳에 카페 이상의 의미들이 숨겨져 있다는 것을 알게 되었다.

느껴지기도 하였다. 가을이면 가을이니 좋고, 여름이면 여름이니까 좋은 곳이다. 그
냥 앉아 있기만 해도 편안해지는 그런 곳, 익숙하면서도 늘 새로운 기운을 북돋워
주는 곳, 〈커피스트〉가 그런 곳이다. "Coffeest가 죽어가던 날 살렸다"라는 아주 작
은 메모를 발견하고 이곳에 카페 이상의 의미들이 숨겨져 있다는 것을 알게 되었다.

〈커피스트〉를 운영하는 주인장은 영국에서 커피를 공부한 조윤정 씨다. 물론 여자고, 아주 상냥하다. 그녀가 인사할 때마다 묻어나오는 투명한 웃음은 사람들의 마음을 맑게 해 준다. 그런 그녀의 마음이 녹아들어서 그런지 〈커피스트〉의 커피는 아주 안정적인 맛이다. 강하게 볶지는 않지만 진한 것이 특징이고, 그 진한 맛 속에서도 알맹이들이 살아 있어서 목 넘김 또한 좋다. 에스프레소 블렌딩이나 하우스 커피가 다른 커피들보다 안정적인 이유는 그녀만이 가지고 있는 노력의 산물이랄까. 아무튼 하우스 블렌딩이 제 맛인 집이 좋은데 그 가운데 단연 으뜸이 〈커피스트〉이다.

그녀는 신문로에 터를 잡기 전부터 여기저기서 커피를 볶아 팔며 카페에 대한 꿈을 키워왔다. 영국에서 귀국해 처음 신촌에 둥지를 튼 그녀는 시청과 사직동을 거쳐 현재의 신문로 〈커피스트〉를 오픈하게 되었다. 귀국 후 시간이 흐르면서 좋은 카페 하나를 하고 싶은 갈증은 더욱 커져갔고, 끝내 〈커피스트〉라는 카페가 탄생하게 된 것이다.

"저는 쑥스러움이 많아요. 일부러 찾아가 누군가에게 말을 거는 것이 참으로 어색해요. '이거 제가 만든 커피인데요……' 그렇게 말을 건네기도 부끄러워요. 그렇지만 누군가가 찾아와 '커피 한 잔 주실래요?' 그렇게 자연스럽게 만나면 좋을 것 같았어요. 그냥 말없이 '이거, 제가 볶은 커피예요……' 쑥스럽고 어색하지만 그렇게 따뜻한 마음이 담긴 한 잔의 커피를 건넬 수 있을 것 같거든요."

그녀는 이렇게 카페를 시작한 이유를 꿈 같은 이야기로 흘려 놓았다.

"내게 커피란 놀이이며 〈커피스트〉는 놀이터다.
나는 커피를 볶고 내리고 마시며 논다.
나는 커피로 사람을 만나고 그들과 더불어 웃고 울며 세상을 나눈다."

내친김에 커피가 어떤 의미로 다가오느냐고 물었다. 물론 '먹고 살기 위해서……'
라는 대답을 바란 것은 아니다. 그녀의 대답은 흰 수염 날리는 도인들의 말처럼 가
슴에 와 꽂힌다.

커피는 집중하지 않으면 맛있는 커피가 나오지 않는다는 것을,
그리고 모든 유혹을 견뎌내는 것이 얼마나 중요한가를 가르친다.

"제게 커피란 놀이이며 〈커피스트〉는 놀이터에요. 저는 커피를 볶고 내리고 마시며 놀아요. 커피로 사람을 만나고 그들과 더불어 웃고 울며 세상을 나누죠. 저는 대부분의 시간을 〈커피스트〉에서 커피와 함께 보내요. 때때로 커피에게 말을 걸고, 커피로 이야기를 만들고, 커피로 세상과 소통하기도 해요. 향기로도, 혀로도, 눈으로도 커피를 즐기죠. 커피는 저에게 사람을 데려다 주고, 세상에 작은 마음을 나누도록 합니다. 그뿐이 아니에요. 커피는 저의 스승입니다. 커피는 더불어 사는 것이 무엇인지, 대가를 바라지 않고 나누는 것이 무엇인지, 고통을 긍정적으로 바라보는 일이 무엇인지를 가르쳐 주기도 해요. 저는 커피와 더불어 지혜롭다는 것과 깊이가 무엇인지를 배우고 있어요. 커피는 저에게 말을 건네죠. 늘 한결같기가 얼마나 힘이 드는지, 날씨의 변화에도, 사소한 마음의 상처에도 흔들리지 않는 일이 얼마나 어려운 것인지를 가르쳐주죠. 커피는 깊이깊이 외길로 집중하지 않으면 맛있는 커피가 나오지 않는다는 것을, 그리고 모든 유혹에 잘 견뎌내는 게 얼마나 필요한가를 제게 교훈하곤 해요. 커피는 진정성과 정직함 없이는 사랑의 마음을, 배려의 마음을 결코 건넬 수 없다는 것을 가르치죠. 커피는 저의 진정한 스승이에요."

그래서인지 〈커피스트〉의 단골들은 모두 그녀의 친구이고, 한 시대를 함께 살아가는 동료들 같다.

커피는 더불어 사는 것이 무엇인지, 대가를 바라지 않고 나누는 것이 무엇인지, 고통을 긍정적으로 바라보는 일이 무엇인지를 가르친다.

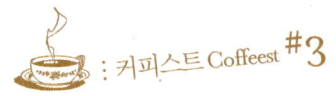

이곳에 가면 꼭 구경해야 할 몇 가지가 있다. 커피 외에 다른 것을 자랑하는 것이 뭐가 중요하겠냐만 커피 이상의 재미가 그곳에 있다. 그중 한 가지가 바로 책이다. 〈커피스트〉에는 책이 참 많다. 언제든 손님들이 읽고 즐길 수 있도록 비치되어 있다. 책들을 보고 있으면 마치 북카페 같은 느낌도 든다. 크게 두 종류로 나뉘는데, 하나는 커피 관련 도서들이고, 다른 하나는 만화책이다. 만화책은 모두 음식과 관련된 것들이다. 먹을거리에 관한 만화를 모아 한 쪽 벽면에 아예 붙박이 책꽂이를 만들어서 진열해 놓았다. 『맛의 달인』이나 『신의 물방울』 같은 베스트셀러는 물론이고, 가능하면 음식 관련 만화책은 모두 비치하려고 한다. 요즘은 음식 관련 영화들도 모으고 있는 중이라는데, 아직 상영은 하지 않는다.

커피는 진정성과 정직함 없이는 사랑의 마음을, 배려의 마음을 결코 건넬 수 없다는 것을 알려준다. 커피는 나의 진정한 스승이다.

기왕 이야기가 나왔으니 화장실 얘기도 해야겠다. 일명 공중부양 화장실. 〈커피스트〉가 들어앉은 곳은 사실 경희궁 터의 일부이다. 조선시대와 일제시대의 가옥 층이 있어서 그것들을 살리면서 그 위로 강화 유리를 덮은 뒤에 건물을 지었고, 그 건물 1층에 〈커피스트〉가 있다. 화장실로 가는 복도가 그 강화유리로 되어 있어서, 화장실에 가려면 강화유리를 지나야 한다. 깨지지는 않지만 약간의 불안감과 신기한 모습에 마음은 엉금엉금, 몸은 성큼성큼 걷게 된다. 화장실에 가기 위해서는 필연적으로 그 위를 가로질러 가야 하는데, 반응은 두 가지다. 재미있다는 사람과 두려워 떠는 사람. 〈커피스트〉를 찾거든 한 번 가보라. 화장실 가는 길에 당신이 얼마나 가벼운지 혹은 그 인생의 무게가 얼마나 되는지 알 수 있는 신기한 가교가 있다.

여느 카페나 비슷하겠지만 이곳에도 단골들이 많다. 단골이라기보다는 마니아에 가깝다. 그들은 모두 이곳에서 새로운 만남을 가진다. 자주 오는 손님들은 서로를 알아본다. 눈인사를 하고, 카페를 나설 때면 인사를 꾸뻑하고 떠난다. 이런 풍경을 바라보며 〈커피스트〉가 가지고 있는 의미들을 떠올려본다. 방해받는 것을 싫어하는 현대인들이 이곳에서 새로운 만남을 가지는 것은 도대체 무슨 의미일까? 예전의 카페나 살롱들이 사교의 장이었다고 하던데 그런 의미가 숨겨져 있는 것은 아닐까? 〈커피스트〉에 가보라. 강사마와 아네모네, 황아저씨와 김대샘 등 서로 친해져서 아무렇게나 앉아 있어도 부담 없는 이들이 이미 한자리 깔고 있을 것이다.

주인장 주변에는 많은 사람들이 꼬여든다. 커피는 기본, 문학이며 예술을 하는 사람들이 스스럼없이 이야기하다가 곧 친구가 되고 안부를 묻는다. 이게 〈커피스트〉의 매력이다.

이런 이면에는 주인장의 활달한 성격이 한 몫 하는 것으로 보인다. 재주도 많고 욕심도 많은 주인장은 이미 책도 냈고, 사진도 찍는다. 모든 것을 하고 싶어하는, 못하는 게 없는 그런 성격이다. 그렇다보니 주인장 주변에는 많은 사람들이 꼬여든다. 커피는 기본, 문학이며 예술을 하는 사람들이 스스럼없이 이야기하다가 곧 친구가 되고 안부를 묻는다. 이게 〈커피스트〉의 매력이다. 그리고 사람들은 그 속에서 커피와 그 커피가 가지고 있는 또 다른 세계를 공유하며 보이지 않는 일체감까지 맛보기도 한다.

 : 커피스트 Coffeest #5

일 욕심 많고 사람 욕심 많은 주인장의 요즘 관심 주제는 공정무역fair trade이나 재
분배에 관한 문제란다. 자신이 힘써 가꾸며 벌어들인 물질 가운데 일부를 어딘가 의
미 있는 일을 위해 사용하고 싶어한다. 그저 소비문화의 축을 이끄는 것이 아니라
재생산하고 공존의 방식을 배우고 싶다는 것이 그녀의 소망이다. 그래서 항상 카페
앞에 커피 자루를 놓고 판매한다. 얼마 안 되지만 볶고 남겨진 커피 자루를 팔아 꾸
준히 무료 공부방에 보낸다. 뿐만 아니라 매월 하루는 모든 등을 소등하고 촛불을
켜면서 느림의 철학을 배우고, 네팔의 도자기 머그를 가져다가 팔기도 한다. 물론
여기에서 얻어지는 모든 수익은 고스란히 재생산과 공존을 위해 사용된다.

에너지가 샘솟는 주인장과 이야기를 나누다보니 벌써 골목에는 어둠이 깔렸다. 겨
울해가 길어지기는 했지만 여전히 소슬한 날씨에 옷깃을 여민다. 단출한 테라스에
놓여 있는 테이블이 길을 나서는 나에게 싱긋 웃음을 건넨다.

"당신을 기다릴게요."

커 피 스 트 Coffeest ··· 조 윤 정

커피는 놀이이고, 카페는 놀이를 위한 놀이터라고 얘기하는 그는 세상과의 소통을 커피로 하고 있다. 커피와 대화하고, 커피를 통해 사람들과 만나며 커피로 벌어들인 수익으로 재생산과 공존을 몸으로 실천하고 있다.

바다로 간 커피
보헤미안 Bohemian

:

강릉

카페 〈보헤미안〉 문을 밀고 들어섰을 때, 그는 로스팅룸Roasting Room에서 한창 커피를 볶고 있었다. 그는 카페와 로스팅룸을 가로 막고 있는 작은 유리 칸막이를 통해 들어오는 손님에게 짧은 눈인사를 하고는 다시 커피 볶는 기계에 매달린다. 그는 어느 누구의 방해도 받지 않고, 자신만의 세계에 몰입해 있었다. 특유의 구부정한 자세로 로스터를 뚫어져라 바라보고 있는 그에게서 단단함이 느껴졌다.

카페를 돌아다니며 많은 사람들을 만났지만, 사실 카페를 운영하는 분의 지명도가 카페 자체보다 높을수록 긴장이 된다.

'나를 뭐라고 소개해야 하나?'

명함 한 장 없이 사는 나에게는 참 곤혹이다. 일단 작은 수첩을 꺼내들고 미소를 띠며 다가갔다. 그리고는 대충, 혹은 비굴하게 간단히 소개를 하고 찾아온 목적을 이야기 했다. '박이추', 그 이름만으로도 한국 커피계가 다 아는 1세대 앞에서는 누구든 긴장이 풀리지 않을 것이다. 취재? 아니면 취조? 사진을 찍어도 좋다는 소릴 듣고, 냅다 "로스팅룸을 찍어도 될까요?"라고 물었다. "그러십시오"라는 대답이 채 끝나기도 전에 내 몸은 이미 로스팅룸에 반쯤 걸쳐져 있었다.

그는 진지했다. 항상 같은 자세로 커피를 볶는다. 기계에 붙어 있는 여러 계기판들을 유심히 보다가—마치 돋보기로 책을 읽듯이 계기판들을 바라보았다—가스 조

그는 커피의 참맛을 추구하기 위해
기꺼이 보헤미안이 되기를 원하고 있는 것일까?

절기(화력), 공기 조절기(일명 댐퍼) 등을 연신 만지고, 볶고 있는 콩의 상태를 알기 위해 콩을 꺼내보기도 하고, 귀를 기울여 팝핑이 되는 소리를 듣고, 밖으로 유출되는 연기를 확인하기도 한다. 차분히 볶다가 점점 볶는 소리가 고조되면 그의 행동은 조금씩 빨라진다. 나이에 비해—그는 이런 사적인 것을 묻는 자들을 제일 불편해 한다—그의 손놀림은 기민하게 움직인다. 냉각기의 팬을 먼저 돌리고, 불을 끄고, 동시에 다 익은 콩을 드럼 밖으로 배출한다. 아주 짧은 시간에 이 동작을 능숙하게 해치운다. 콩이 밖으로 배출되는 순간, 나는 어이없게도 셔터 찬스를 놓쳤다.

그는 볶던 커피를 일단락 짓고, 커피를 내려준다. 그 역시 강배전을 하고, 내려준 커피도 사약 수준이다. 주문한 '드라이'라는 블렌딩 커피는 쓴맛을 넘어서는 또 다른 맛을 가지고 있었다. 약간 짭짤한 맛이 배어 있었는데, 강배전임에도 탄화된 느낌은 들지 않았다. 그는 커피를 대부분 강하게 볶는데, 오일이 완전히 비쳐져 이탈리안 로스팅도 넘어선다고 한다. 그런 커피들을 여럿 섞어 블렌딩을 하는데 특이하게도 잡스러운 맛이 하나도 없다. 대신 쓴맛의 잔향이 깊게 남아 있어 한참이 지나도 입 안에 그 맛이 기억된다. 목 넘김 이후에 아주 짧게 남는 다른 커피와는 대조적이다.

보 헤 미 안 Bohemian … 박 이 추
우리나라 커피 1세대인 그는 커피를 볶을 때 흔들림이 없다. 세밀히 관찰하다가 숙련된 그만의 손놀림이 박이추 표 커피를 만들어낸다. 커피 자체를 배우고 즐겨야 한다는 그의 지론에 새삼 고개가 숙여진다.

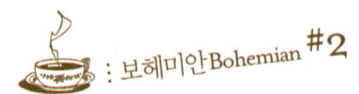

멀리 바다가 보이는 카페 〈보헤미안〉은 그가 시작한 커피 인생의 전부다. 내륙에서 시작한 카페 〈보헤미안〉은 조금씩 바닷가를 향해 옮겨왔다. 올림픽 스타디움에서 굴렁쇠 소년이 운동장을 가로지르던 그해(1988년)에 그는 카페 〈보헤미안〉을 처음 열었다. 그의 인생역정이 그런 건지, 아니면 카페 이름을 따르느라 그랬던지 그는 사람들을 피해 서울을 도망쳐 끝내 바닷가 자락에 건물을 짓고 카페를 다시 열었다.

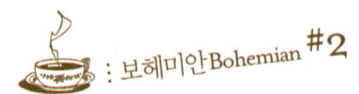

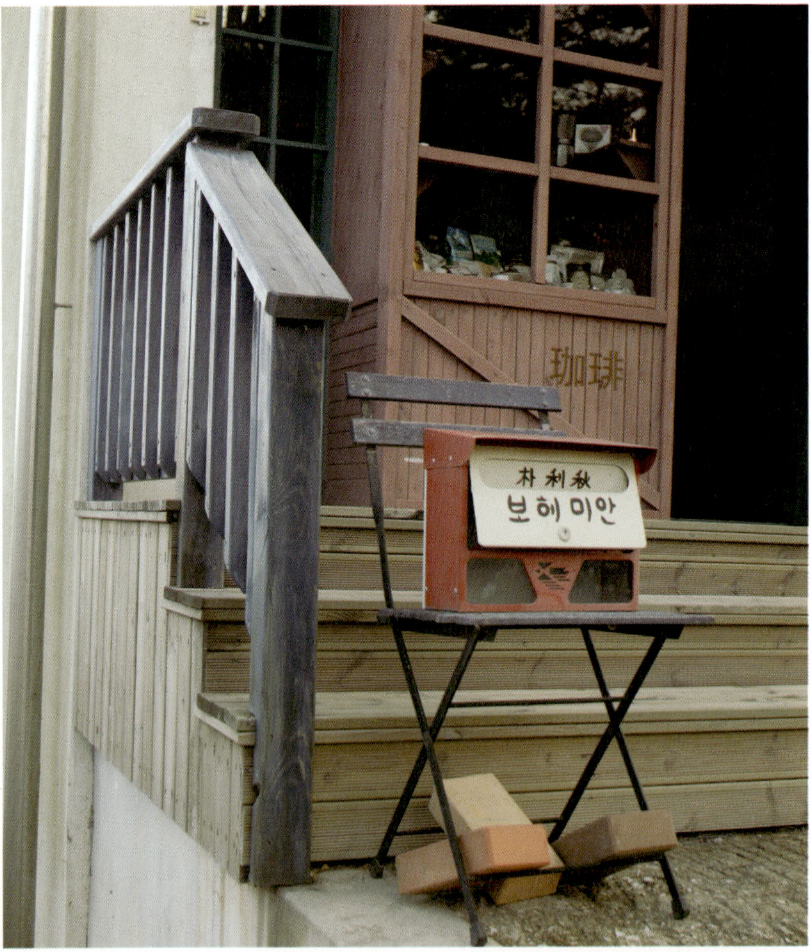

펜션도 겸하고 있는 카페는 강릉(정확히는 주문진) 사람들보다 외지인들에게 더 많이 알려져 있다. 연신 걸려오는 전화 대부분은 위치를 알고 싶어 하는 타지 사람들이다.

"좋은 곳은 혼자만 알고 있는 것이 좋은 것입니다."

그는 슬쩍 귀띔을 한다. 너무 알려지면 혼자 즐길 수도 없고, 커피의 맛과 질이 떨어진다는 것이다.

"커피 맛이 예술이네요!"

"수돗물로 내렸는데……"

우리가 마시는 커피의 99% 이상이 물이고, 물이 좋아야 커피 맛이 좋다는 것이 정설이다. 뒤따른 설명을 들으니 그는 역시 대가大家였다.

"바람과 공기 덕분이겠죠."

겸손하게 실력 대신 좋은 자연환경을 슬쩍 가져오지만 그렇다고 맛난 커피가 갑자기 맛없어지는 것은 아니다.

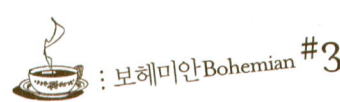

: 보헤미안Bohemian #3

요즘 한창 커피를 공부하려는 사람들을 향하여 그는 한마디 덧붙였다.

"돈을 보고 커피를 배우는 것을 중단해야 합니다."

그의 문하에서 배우는 사람들은 늘 이 잔소리를 들으며 커피를 배운다. 드라마 한 편이 커피를 일약 베스트로 만들었고, 바리스타가 선망의 직업군에 속하는 것이 그에게는 반가운 일이 아니다.

"커피는 커피 자체로 배우고 즐겨야 한다."

이것이 그의 지론이다. 돈이 된다고 생각하거나 단순한 돈벌이로 생각하면 옳지 않다는 것이다. 그에게 있어서 커피는 돈벌이 수단 이상이며, 인생의 전부다. 그에게 커피는 다도茶道하는 사람들의 차茶와 같은 의미이다. 비록 돈을 받지만, 그것은 커피와 계속 함께 하기 위한 일련의 수단일 뿐 목적은 아닌 것이다.

그래서 그런지 그의 카페에는 다른 곳에서 맛볼 수 없는 다양한 커피들이 있다. 처음 들어보는 이름들이 대부분이다. 네팔이나 킬리만자로는 그나마 흔한 것이고, 니카라과 역시 비슷한 수준이다. 모카 마타리라는 이름은 들어봤지만 맛은 처음이었다. '도미니카 커피', 참 생소하다. '도미니카도 커피를 생산하는구나' 하는 어벙한 생각이 스친다. 볼리비아 역시 마찬가지이고, 심지어는 '파나마' 커피도 있다. 어디 그뿐인가? 그의 특별한 블렌딩 솜씨가 가미된 다양한 블렌딩 커피도 만날 수 있다. '드라이'만 블렌딩이 아니다. '도쿄 블렌딩'이 두 종류나 되고, '소프트 블렌딩'도 있다. 물론 '보헤미안 하우스 블렌딩'은 당연하고.

"블렌딩이란 것은 커피 각각의 특성뿐 아니라 그것들이 함께하여 낼 수 있는 맛을 전부 꿰고 있어야 가능한 것이기 때문입니다."

〈보헤미안〉에 다양한 블렌딩이 있는 이유를 그는 이렇게 설명했다. 사실 드립을 전문으로 하는 카페에서 블렌딩 커피는 딱히 주문하기 막막할 때 하는 것쯤으로 인식되어 있는 것이 사실이다. 그는 바로 그런 것을 경계하고 있는 것이다.

그가 커피 공부를 계속하는 이유는 의외로 단순하다. 나쁜 커피를 싫어하기 때문이다. 늘 새로운 커피, 더 완전한 커피를 내리기 위해 끊임없이 노력한다.

카페를 휘 둘러보면 벽마다 액자들이 가득하다. 2층으로 올라가는 계단에서부터 온통 액자들이 즐비하다. 앤틱한 것들을 액자로 만들어 손님들에게 볼거리를 제공한다. 남들에게 보이지 않는 공간들 —로스팅룸이나 혹은 1층의 교육장—까지 액자가 없는 곳이 없다. 그 틈바구니 속에 그가 공부했던 일본의 커피 전문가 과정의 수료증이 그가 어떤 커피를 추구하고 있는지를 잘 알려주고 있다.

요즘도 그는 일본에 정기적으로 가서 공부를 한다. 남들에게 잘 알려지지 않았고, 생긴 지 수십 년이 되어 마치 하나의 고문古文으로 자리 잡은 곳들을 탐방하며 공부를 게을리 하지 않는다. 이를 반증이라도 하듯 로스팅룸에는 커피 책들이 꽂혀 있다. 그가 커피 공부를 계속하는 이유는 의외로 단순하다. 나쁜 커피(맛없는 커피)를 싫어하기 때문이다. 늘 새로운 커피, 더 완전한 커피를 내리기 위해 끊임없이 노력한다. 그런 과정이 바로 〈보헤미안〉이라는 이름 속에 담겨져 있나보다. 그는 커피의 참맛을 추구하기 위해 기꺼이 보헤미안이 되기를 원하고 있는 것일까?
하얀 거품을 문 파도가 푸른 대지를 향해 밀려나온다. 이미 사라진 붉은 해를 쫓기 위해 주섬주섬 짐을 챙겼다. 커피의 보헤미안에게 짧은 목례를 남기고, 입 안 가득 그의 향을 물고 밖으로 나왔다. 🫘

"커피는 커피 자체로 배우고 즐겨야 한다."
이것이 그의 지론이다. 돈이 된다고 생각하거나 단순한 돈벌이로 생각
하면 안 된다는 것이다. 그에게 있어서 커피는 돈벌이 수단 이상이며,
인생의 전부다.

문화와 전설의 중심

학림 學林

⋮

대학로

커피를 좋아하거나 커피를 업으로 삼을 사람들이 성지순례를 하듯 꼭
한 번은 찾는 곳이 바로 〈학림다방〉이다. 마치 커피의 성지 같은 곳이
다. 문을 연지도 이미 반백 년이 지났으니 그 역사는 뒤로하고서라도
얼마나 많은 전설이 깃들어 있을까?

선술집 같은 큰 유리문을 열고 들어서는 손님들을 반기는 것은 그저 휑하고 짧은 복도와 2층으로 연결된 나선형 계단이다. 계단은 여러 차례 보수를 거치고, 새롭게 단장했는데도 나무 특유의 색과 적당히 마모되어 있는 것이 세월에 걸맞은 여유가 느껴진다. 그리고 은은히 흘러나오는 클래식 음악은 손님을 카페 안으로 불쑥 끌어당긴다.

〈학림〉이 내게 '성찰'을 요구하고 있었다. 그 무수한 시간과 무수히 오간 손님들에게 요구했던 것처럼 슬쩍 화두를 던지는 것 같았다.

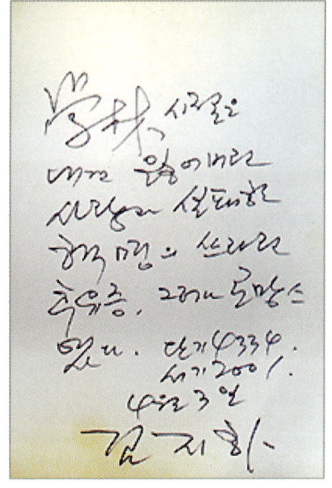

이곳을 처음 찾는 이들은 무척 당황해한다. 전설만큼 화려하지도 않고, 예쁘지도 않다. 누구나 가지고 있는 디지털 카메라로 찍을 만한 소품도 없다. 쨍한 음악까지 없어 젊은 사람들이 싫어할 만한 요소는 고루 갖추었다. 별다방이나 콩다방을 좋아하는 사람들에겐 낡고 우습게 보일지 모르지만 〈학림〉은 소리 없이 다방이나 카페의 전설로 자리매김 했다.

이곳의 모든 것에는 세월이 고스란히 묻어 있다. 삐걱거리는 계단에서부터 큰 길을 향하여 나 있는 창문과 테이블에까지 옛 사람들의 대화를 그대로 간직하고 있다.

이야기? 왜 없겠는가? 50년을 한 자리에서 버티고 있는데, 이야기가 없을 수 있겠는가? 지금은 가고 없는 문학가 전혜린의 죽음은 〈학림〉의 신비를 더한다. 그녀가 앉았던 자리엔 방금 일어선 사람들의 온기가 남아 있다. 이미 수많은 사람들이 그 자리를 거치면서 어떤 생각을 했는지 궁금하다. 그들은 자신들이 앉았던 창가의 그 자리가 전혜린이 죽기 전날 마지막으로 차를 마시던 자리라는 것을 알기나 할까?

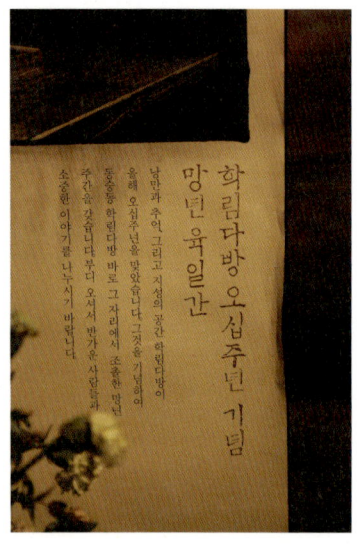

4대나 주인이 바뀌며 버텨온 〈학림〉은 알 수 없는 기운에 의해 운영이 되고 있는 것 같았다. 주인장 이충렬 선생은 이미 20년이나 한 곳에서 커피를 팔면서, 누군가에게 전설 같은 이야기를 들려주고 있었다. 그의 내면에는 자신도 전해들은 〈학림〉의 전설과 자신이 지금껏 겪어온 이야기들로 가득하다. 온통 새로운 것만을 찾아다니는 오늘날 서울 한복판에 이런 다방이 있다는 것 자체가 축복처럼 느껴졌다.

그가 쏟아내는 이야기는 그저 단순한 이야기가 아니라 그 시대의 문학과 연극, 혹은 삶의 이야기가 융화되어 '새롭게 빚어지는 옛날 그릇' 같았다. 이름만 대면 다 알법한 연예인들이 한때는 이곳을 드나들며 배고픈 연극인의 시절을 보냈다. 그의 입을 통해 회자되는 사람들의 면면이 놀라울 따름이다. 이곳을 다년간 사람들만으로도 정치든 문화든 큰 판을 벌일 수 있을 정도다. 이것이 바로 〈학림〉의 내공이 아닐까 싶다.

학림 學林 … 이 충 렬

〈학림〉을 네번째로 이어받아 운영해온 그는 전설 같은, 아니 역사가 된 이야기들을 쏟아놓는다. 문학인뿐만이 아니라 미술, 연극인 등 이곳에 흔적을 안 남긴 예술가가 없다. 그들이 남긴 예술의 혼이 학림과 그의 가슴에 고이 흐르고 있다.

수많은 사람들이 그 자리를 거치면서 어떤 생각을 했는지 궁금하다. 그들은 자신들이 앉았던 창가의 그 자리가 전혜린이 죽기 전날 마지막으로 차를 마시던 자리라는 것을 알기나 할까?

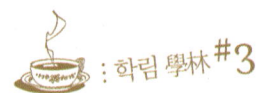
: 학림 學林 #3

클래식 음악이 흐르던 공간에 갑자기 피아노 반주가 퍼졌다. 청년 하나가 피아노에 앉아 건반을 두드리며 캐논을 연주했다. 그는 피아노 건반을 두드렸고, 그 건반은 내 마음을 두드렸다. 갑자기 아득해졌다. 하나씩 잃어버리며 살고 있는 나에게 피아노 건반은 부드러우면서 날카로운 송곳처럼 가슴을 강하게 찌르며 좀처

그가 쏟아내는 이야기는 그저 이야기가 아니라 이 시대의 문학과 연극, 혹은 삶의 이야기가 융화되어 '새롭게 빚어지는 옛날 그릇' 같았다.

럼 빠지지 않았다. 〈학림〉이 내게 '성찰'을 요구하고 있었다. 그 무수한 시간과 무수히 오간 손님들에게 요구했던 것처럼 슬쩍 화두를 던지는 것 같았다. 간신히 마음을 추스르고 주인장에게 질문의 화살을 공연히 쏘아댔다.

그는 좀처럼 질문에 대답을 하지 않았다. 인터뷰 할 것도 별로 없고, 웬만한 것은 인터넷에 있단다. 그래도 그가 좋아 하는 것들을 물으면 눈빛이 반짝거렸다. '왕년의' 사진 이야기며, 음악이나 술에 관한 이야기는 더 묻지 않아도 잦아들지 않았다. 그의 사진 실력은 프로급이다. 성곡미술관에서 전시회도 가진 바 있는 사진 실력은 다방 안에 몇 점 걸려 있는 사진만으로도 확인할 수 있다.

〈학림〉을 자주 찾는 손님 가운데 유명한 사람 이름이라도 몇 명 알려달라고 했더니, 나름 모두 유명한 사람이기에 별달리 할 말이 없단다. 〈학림〉을 찾아주니 무명, 유명을 가리지 않고 모두가 소중하고 고마울 뿐이다. 그들 가운데 김지하 시인의 방명록이 눈에 띈다.

"學林 시절은 내겐 잃어버린 사랑과 실패한 혁명의 쓰라린 후유증, 그러나 로망스였다."

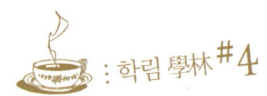

남대문에서 처음 캔으로 만들어진 미국의 원두커피를 사다가 팔기 시작한 것이 지금 자가 배전을 시작한 이유가 되었다고 한다. 점점 맛난 커피를 추구하다보니 자연스럽게 직접 볶아야 할 것 같아서 시도를 했다고 한다. 그 전에는 진짜 다방처럼 맥심 커피를 팔았고, 웬만한 다방 메뉴는 모두 소화했었다. 3층까지 있었던 시절에는 레스토랑도 겸했었다.

커피의 모든 종류는 다 해보았다. 다방 커피는 물론, 직접 로스팅하는 커피까지. 굉장히 좋은 블루마운틴을 비싼 값에 사가지고 왔지만 너무 아끼느라고 썩혀버린 이야기를 통해 그가 얼마나 마음이 가녀린지 엿볼 수 있다.

처음 커피를 볶던 시절 이야기를 들려달라고 하자 그는 약간 흥분하며 이야기를 꺼냈다. 계동 근처 〈커피한잔〉에 있는 로스터가 바로 그가 처음 수입해서 커피를 볶던 기계다. 박이추 선생을 비롯해 커피를 직접 볶는 사람이래야 뻔했던 시절에 그는 용감하게도 로스팅을 시작했다. 수지가 맞아서 계속한 것은 아니다. 그저 역사 속에 자리하고 있는 〈학림〉을 중단할 수 없다는 중압감이 반쯤 그를 눌러 앉혔고, 이곳을 찾는 이들의 향수를 깨뜨릴 용기가 나지 않아 계속했던 것이다.

〈학림〉에서는 소위 스트레이트 커피를 내리지 않는다. 손님의 주문에 적극적으로 응대할 수 없을 뿐 아니라 그냥 그것이 지금의 운영 원칙이란다. 대신 몇 가지 블렌드

〈학림〉에서는 소위 스트레이트 커피를 내리지 않는다.
대신 몇 가지 블렌드를 만들어 판다. 진하디 진한 로얄 블렌드나
에스프레소는 〈학림〉의 기풍을 고스란히 담고 있다.

를 만들어 판다. 진하디 진한 로얄 블렌드나 에스프레소는 〈학림〉의 기풍을 고스란
히 담고 있기에 충분하다. 대신 노약자나 심장이 약한 사람은 삼가할 것.
앞으로의 계획을 물었더니 "그냥 재밌게 노는 것"이라고 명료하게 말한다. 그는 〈학
림〉을 지킬 수 있는 방법은, 지루함을 벗어나 혼자서 즐길 수 있어야 한다고 말한다.
생각해보라. 50년도 넘은 다방을 20년이나 한결같이 지키고 있는 것이 쉬운 일인
가? 재미있게 노는 것은 그가 생각하는 커피며, 음악이며, 사람들과의 만남을 위한
걸음걸이였다. 지금까지 한눈팔지 않고 온 그 다운 대답이다.
어떻게 20년이나 버텨 왔냐 물었더니, 그냥 끌고 왔다고 한다. 이미 역사가 만들어
졌고, 나름의 방식으로 굴러온 〈학림〉이기에 자기는 그저 그곳에 앉아 있다고. 하지
만 그것은 겸양일 뿐, 그의 내면에는 사랑이 있다. 철저한 직업의식도 있고, 커피를
위한 열정도 있다. 어떻게 하면 〈학림〉을 찾는 모든 이들이 행복할까 고민도 많다.
요즘의 그의 머리를 떠도는 고민은 '함께 일하는 사람들 모두가 비전을 가질 수 있
는 방법이 없을까?' 하는 것이다. 일반적으로 숍의 주인만 이익을 독차지 하는 것이
아니라 함께 잘 될 수 있는 방법, 자신에게만 이익이 되는 것이 아니라 모두 함께 남
을 수 있는 방법을 연구 중인데, 쉽지가 않은 눈치다.

〈학림〉은 이미 50년이나 되었다. 그만큼 과거에 대한 추억과 향수가 있어서 좋은 공간이다. 그러나 이곳이 즐거운 이유는 앞으로 10년, 20년, 50년 후가 더욱 기대되기 때문이다. 잠시 있다가 사라지는 수많은 카페들의 명멸을 보면서, 돈이나 시류에 너무 기울지 않으며 재밌게 놀 수 있는 것을 기대하는 그에게서 그런 기대감을 가져본다.

〈학림〉은 다방이기를 꺼려하지 않는다. 카페보다는 다방이라는 말이 더 잘 어울리는 곳이다. 한적한 시골 역에 있는 누추한 다방에서 갈색 엽차잔을 받아 들고 호~ 불며 마시던 그런 감성이 〈학림〉에 잔잔하게 흐르고 있다. 글이나 단어로 표현하기 힘든, 그림이나 사진으로는 도저히 말할 수 없는 모성애 같은 강한 흡입력이 오늘도 발길을 끌어당긴다. ⓒ

〈학림〉은 다방이기를 꺼려하지 않는다.
카페보다는 다방이라는 말이 더 잘 어울리는 곳이다. 한적한 시골 역에
있는 작고 누추한 다방에서 갈색 엽차잔을 받아 들고 호~ 불며 마시던
그런 감성이 〈학림〉에 잔잔하게 흐르고 있다.

포항 커피의 맹주

아라비카 ARABICA

⋮

포항

아침 일찍 고속버스를 타고 포항까지 직행, 그리고 커피투어

를 위하여 마중 나온 지인들의 차를 얻어 타고 다시 카페 〈아

라비카ARABICA〉로! 포항에 사는 분들이야 쉽게 찾을 만한

곳—나름 유명한 포항문고 건너편이라면 다 안다고—이지

만 큰길가에서 아주 약간 들어간 곳에 자리하고 있었다. 그

곳에 소문으로만 알고 있었던 묵직한 커피향이 은은하게 흘

러나오고 있었다.

EE CLUB

BICA

991

"최상의 커피 클럽Gourmet Coffee Club, 아라비카ARABICA"

입구에 들어서자마자 맞닥뜨리는 문구이다. 주인장의 커피 철학은 항상 이런 문구 뒤에 숨겨져 있다. 받아든 명함에는 'Speciality Coffee Shop' 이라고 약간 변형 되어 있지만 여전히 주인장의 커피 철학이 담겨 있다. 〈아라비카〉라는 카페 이름은 저렴한 로부스타Robusta 커피와 차별성을 두기 위한 것처럼 보였다. 1991년에 시작한 것으로 보아, 이 일대에서는 거의 선구적인 역할을 했을 것으로 여겨진다. 조심스레 몸을 숙이고 카페 안으로 들어섰다.

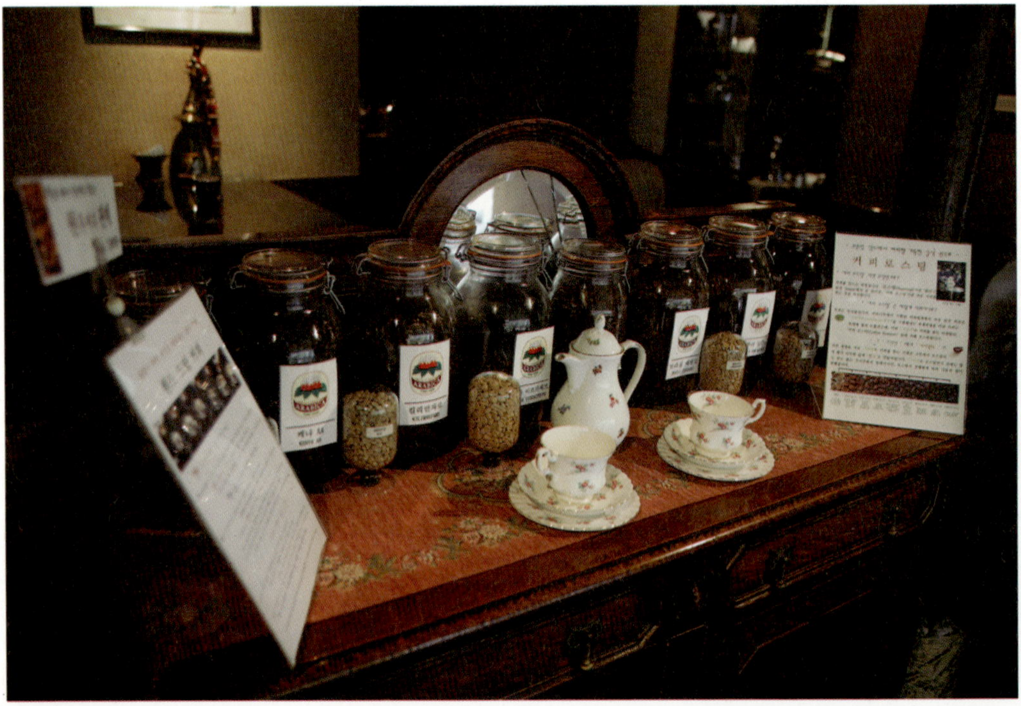

아담한 정원이 딸린 집을 개조한 카페. 첫인상은 고급스러운 주택 같은 느낌이었다. 오전에 약간 내린 비 덕분에 정원에 운치가 더해졌다. 정원이 내다보이는 창가에 앉아 커피를 주문했다.

창문을 통해 은은하게 퍼지는 햇살처럼 피아노 소곡이 잔잔히 흐를 때, 일행 중 한 명이 영국 신사 같다고 말했던 사장님이 나타나셨다. 반듯한 인상과 절제된 복장은 그동안 보아왔던 여느 카페의 주인장들과는 확연히 다른 모습이었다. 손님을 배웅하면서 합장하는 사장님의 모습을 보며 일행 가운데 계시던 스님이 "저렇게 예쁜 합장은 처음이네요."라고 말하셨다. 이 말이 그분에 관한 모든 것을 표현해주는 듯했다. 커피 하시는 대부분의 분들이 자유로운 복장을 하고 있다면, 이분은 정 반대의 복장을 하고 계신다. 아마 커피, 혹은 카페도 일종의 예절이 필요하다는 사실을 은연중에 알리는 것 같았다.

2층집 전체를 개조한 〈아라비카〉는 카페면서 동시에 아늑한 집 같은 느낌을 주었다. 한쪽 구석에 자리하고 있는 로스터는 조용히 쉬고 있는 듯 보였고, 여기저기 자리한 손님들은 바리스타들이 뽑아준 커피를 마시며 넉넉한 오후를 즐기고 있었다.

처음 마셔본 니카라과는 그렇게 자극적이지 않으면서도 충분한 향과 맛을 가지고 있어 이곳만의 색채가 가미된 것이 아닌가 싶다.

 : 아라비카 ARABICA #2

사장님께 인사를 건네고, 사진을 찍으며 구석구석을 기웃거렸다. 바 Bar에 놓인 작고 앙증맞은 가정용 로스터에 자동으로 셔터를 눌렀고, 많지는 않지만 절제된 듯 자리하고 있는 몇몇 소품들에 앵글이 멈췄다. 손님들이야 1층에 머물며 창밖 정원을 바라보는 것만으로도 여유롭겠지만, 작은 계단으로 이어진 2층은 호기심 많은 나의 발길을 잡아두기에 충분하였다. 그러나 아무나, 누구나 들어가지는 못한다.

계단 밑에는 원두를 담아놓은 자루들이 가지런히 줄지어 있었고, 미지의 세계로 이어지는 비밀의 계단처럼 계단마다 작은 커피 자루를 만들어 붙여 놓았는데 앙증맞은 표정을 짓고 있었다.

2층은 교육장과 몇 해 전부터 소중하게 키워온 커피나무를 재배하는 작은 온실로 나뉘어져 있었다. 파치먼트로 만든 아주 작은 묘목들로부터, 꺾꽂이로 키워져 지금은 훌쩍 커버린 여러 그루의 커피나무들이 온화한 열기 속에 줄지어 있는 모습을 보니, 지난 번 죽어간(죽인!) 내 커피나무가 생각났다.

교육장에는 커피 기구들과 사진들, 그리고 커피 관련 책자들이 아담하게 자리하고 있었다. 때마침 바리스타 시험을 앞둔 제자 두 명이 열심히 에스프레소와 씨름하고 있었다. 사진을 찍다가 건네받은 에스프레소 한 잔에 그들의 새파란 열정이 녹아 있었다. 열심히 연습하는 그들에게 방해가 될까 사진 몇 장 더 찍고 돌아섰지만 사실은 더 머물고 싶은 공간이었다.

바리스타 시험을 앞둔 제자 두 명이 열심히 에스프레소와 씨름하고 있었다. 사진을 찍다가 건네받은 에스프레소 한 잔에 그들의 새파란 열정이 녹아 있었다.

처음 마셔본 니카라과는 그렇게 자극적이지 않으면서도 충분한 향과 맛을 가지고 있어 이곳만의 색채가 가미된 것이 아닌가 한다. 어느 분의 말씀처럼, 남쪽지방의 사람들은 조금 연하면서도 풍미가 살아 있는 커피를 더 즐긴다고 하는데 아마도 그런 입맛을 배려한 맛인 것 같았다.

내어온 커피는 새콤한 맛이 감돌며 약하게 볶은 맛이 은은하다. 사실 약하게 볶아서 은은한 맛이 나도록 내리는 것은 그리 쉬운 일이 아니다. 아마도 보이지 않는 그의 경력이 녹아내리는 듯하다. 언뜻 들려오는 말에는 주인장이 박이추 선생에게서 사사하였다는 설이 있는데 만일 그렇다면 그는 선생과는 또 다른 방향으로 가고 있는 것이 아닌가?

일행 가운데 누군가, 언제까지 커피를 하실 것인지─사장님 나이가 지긋해 보이셔서─불쑥 묻자, "죽기 전까지……"라고 대답했다. 그의 내면에 있는 또 다른 커피에 대한 열정이 슬쩍 엿보였다. 선비 같은 인상을 하고 있지만, 겉으로 보이지 않는 그의 내공을 느낄 수 있어서 기분이 좋아졌다. 모르긴 해도 포항 커피의 맹주 같은 사람, 그런 곳이라고나 해야 할 것 같다. *

아 라 비 카 ARABICA … 권 영 대
최상의 커피 클럽을 유지하기 위해 노력하는 그는 다른 카페 사장들과 다르다. 언제나, 누구에게나, 어디서든 예절을 갖춘다. 그것이 커피가 되었든, 제자가 되었든, 손님이 되었든. 약하게 볶은 커피에 은은한 맛이 감도는 커피가 그의 성품을 그대로 간직하고 있다.

양치기 소년이 사는 곳

칼디 Kaldi

⋮

홍대 곁

홍대 근처에는 많은 카페가 있고, 그 보다 더 많은 커피 전

문점take out이 있다. 그 가운데 양치기 소년 칼디Kaldi의 이

름을 딴 카페 〈칼디〉가 있다. 국내 유일의 '소문난 숯불 배

전'의 고수가 스모크와 씨름하며 최상의 커피를 볶고 있다.

이곳의 커피 맛은 다른 곳과 확연히 다르다. 맛을 이야기하기 위해서는 주인장의 배전 이야기를 해야 한다. 국내 유일의 '소문난 숯불 배전'이라는 수식이 붙어 있는데, 그만큼 쉽지도 않고, 흉내 내는 것조차도 만만치 않다.

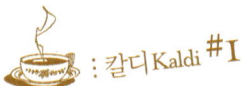 : 칼디 Kaldi #1

칼디는 커피를 발견한 것으로 알려진 에티오피아의 양치기 소년이다. "자신이 보살피는 양들이 어느 날 이리저리 뛰고 있는 모습을 보고 그 이유를 추적한 끝에 덤불에서 자라고 있는 새빨간 열매 때문이라는 걸 알게 되었다." 물론 전설이다. 커피의 발견에 관한 몇 가지 전설이 있는데, 그 가운데 하나가 바로 칼디의 발견이다. 사향고양이들이 커피 열매를 먹고 배설한 것을 루왁 Luwak 이라고 하여 고가의 상품으로 판매되고 있는데, 그러면 이 녀석들도 커피 열매를 먹고 이리저리 날뛰는 걸까? 공연히 칼디의 전설이 약간 의심이 간다.

산울림소극장에서 바람을 가르며 홍대 방향으로 가다가 오른쪽 골목으로 내려갔다. 정확하게 말하면 골목은 아니다. 차가 서로 교행할 수 있으니 큰 길이나 마찬가지다. 그러다가 얼떨결에 〈칼디〉에 도착했다. 몇몇 예쁜 물건들을 파는 가게들이 끝나기 전에 만난 〈칼디〉의 첫인상은 소박하다는 것이다. 그 명성이나 인지도에 비해 카페는 비교적 아담했다. 대신 카페 안을 채우고 있는 신기한 물건들이 눈에 들어왔다. 일반 사람들은 모르겠지만 알 만한 사람들은 그곳에 있는 진짜 물건(?)들을 보면 탄성을 지를 것이다.

가장 먼저 눈에 띤 것은 코피 루왁 Kopi Luwak 이다. 이 커피는 인도네시아 수마트라 섬에만 사는 루왁이라는 사향고양이가 먹은 커피 열매가 소화기 내에서 효소 분해되는 과정을 거치기 때문에 아주 독특한 향을 낸다고 알려져 있다. 사향고양이가 커피 열매를 먹고 배설하면, 외피는 벗겨지고 알맹이만 남는데 그야말로 습식 방식으로 커피를 만들어 내는 것이다. 일설에는 사향고양이가 매일 커피 알맹이만 먹는 것으로 알려져 있으나 꼭 그렇지만은 않다. 평소에는 육식도 하고 다른 음식물도 먹다가 일정 기간에만 커피 알맹이를 먹여 수확한다고 한다. 그 생산량(1년에 300kg)이 한정되어 있기 때문에 간혹 1kg에 천 달러를 호가할 때도 있다. 아무튼 그렇게 귀한 커피가 눈앞에 있었다. 예전에 한 번 루왁을 그라인딩하여 포장된 것을 내려 먹은 적이 있었는데 실망했었다. 하지만 이번엔 달랐다. 진짜다. 가공전의 루왁을 주인장이 직접 가져와서 볶은 것이다. 대신 한 잔 값이 다른 커피 3잔 가격이다. 주문 전에 충분한 성찰을 하고 나서 주문할 것을 권한다. 주인장이 자랑삼아 꺼내 보여준, 배설물만 간신히 벗겨진 루왁 덩어리를 보는 순간, 오길 잘한 것 같은 직감이 들었다.

: 칼디 Kaldi #3

이곳의 커피 맛은 다른 곳과 확연히 다르다. 맛을 이야기하기 위해서는 주인장의 배전 이야기를 해야 한다. 그에게는 국내 유일의 '소문난 숯불 배전'이라는 수식이 붙어 있는데, 그만큼 쉽지도 않고 흉내 내는 것조차도 만만치 않다. 대신 어느 정도 경지에 오르면 참 독특한 맛을 낸다. 참나무 숯을 이용하여 커피를 볶는 과정은 아쉽지만 카페에서는 볼 수 없다. 일반적인 커피는 카페 옆에 있는 로스팅실에서 볶는다. 하지만 숯불 배전은 그야말로 살아 있는 불을 이용하기 때문에 도심 한복판에서 하기가 용의하지 않다. 그래서 숯불 배전은 따로 공장에서만 정기적으로 한다.

그 맛은 주인장의 경력이 말해주듯이 이미 오래 전부터 연구되어온 맛이다. 숯이 가지고 있는 일련의 연기smoke가 커피에 은은하게 배인다. 잡스러운 맛이 배는 것이 아니라 서로 어긋날 수 있는 향이 조화롭게 어우러지는 것이다. 강력한 복사열 때문에 커피가 고루 잘 익는 것도 하나의 장점이라면 장점일 수 있다. 하지만 다른 이들이 쉽게 따라하지 못하는 것은 불을 다루는 일이 그리 녹녹치 않기 때문이다. 물론 모든 로스팅 과정이 다 그렇겠지만 특히 숯불 배전은 불을 다루는데 익숙해야만 하고, 고수가 아니면 시도하기 어렵다. 그가 커피를 20년이나 했다는 것은 단순한 시간의 문제는 아닌 것 같았다.

> 숯이 가지고 있는 일련의 연기가 커피에 은은하게 밴다.
> 잡스러운 맛이 배는 것이 아니라 서로 어긋날 수 있는
> 향이 조화롭게 어우러지는 것이다.

여기저기 인터넷을 두드리며 수소문해보니 주인장의 스쿠버다이빙 모습이 심심찮게 발견된다. 참 독특한 캐릭터이다.

 : 칼디 Kaldi #4

테이블 수가 그리 많지 않은 가게에는 이미 여러 손님들로 북적이고 있었다. 아주머니들도 한 팀이 있었고, 젊은이 하나는 열심히 맥Mac의 키보드를 두들기고 있었다. 작지만 서로 방해받지 않을 정도의 거리를 두고 나름의 시간을 즐기고 있었다. 그 사이를 오가며 주방이며 로스팅실, 그리고 진열장 사진을 찍으며 특별한 것들을 발견하게 되었다. 100년이 훨씬 지난 그라인더는 물론이고, 몇몇 귀한 앤틱들까지…… 가게를 빛내는 조연들이다. 이중 가장 흥미로운 것은 주인장의 커피 관련

수료증과 어깨를 견주고 있는 한 장의 사진이다. 다름 아닌 '스쿠버다이빙 사진'.
아니나 다를까 그의 명함을 살펴보니 뒷면에는 해양탐험대라는 큰 문구가 찍혀 있
다. 그는 해병대 출신이었다. 그리고 보니 커피 볶는 이가 하는 일도 많다. 여기저기
인터넷을 두드리며 수소문해보니 주인장이 스쿠버다이빙하는 모습이 심심찮게 발
견된다. 참 독특한 캐릭터이다.

빛이 가게 안으로 살짝 들어오는 오후가 되면 카페를 찾아가보라. 그곳에 가면 맛난 커피를 볶아주는 해병대 출신의 스쿠버다이빙하는 아저씨가 있고, 감칠맛 나는 커피를 내려주는 멋진 바리스타 친구들이 있다.

 : 칼디 Kaldi #5

그는 요즘 아주 바쁘다. 커피를 생산하는 인도네시아를 비롯하여 현지를 오가며 직접 빈을 구하기도 하고, 더 나은 커피를 위해 공부도 게을리 하지 않는다. 카페 문을 연 지는 이제 3년을 넘어서고 있다. 직접 사람들과 교감하고 싶어서 로스팅과 교육

칼디 Kaldi … 서 덕 식

해병대 출신의 숯불 배전의 귀재. 그의 커피 맛은 그가 꿈꾸는 깊은 심연을 헤치듯 고요하면서 자연의 조화가 어우러진 향을 담고 있다. 최고의 숯불 배전을 할 정도로 기막히게 불을 다루는 그는 거친 바다 속 고독의 심연을 유영하고 있다.

에 집중하다가 카페를 열었다. 그래서 공간을 쪼개다 보니 카페 공간이 비교적 작다. 하지만 이미 말한 것처럼 이곳에는 주인장의 20년 커피 인생이 고스란히 녹아 있다. 커피에 대한 그의 열렬한 사랑이 묻어 있다.

빛이 가게 안으로 살짝 들어오는 오후가 되면 카페를 찾아가보라. 그곳에 가면 맛난 커피를 볶아주는 해병대 출신의 스쿠버다이빙하는 아저씨가 있고, 그 알맹이로 더 감칠맛 나는 커피를 내려주는 멋진 바리스타 친구들이 있다. 눈을 돌려보면 빼곡히 차 있는 각종 기구들이 당신을 반길 것이다. 아니면 생전 처음 보게 될지도 모를 루왁을 맛보는 행운도 얻을 수 있을 것이다. 혹시 당신이 해병대 출신이라면 더욱 강추다.

아참, 〈칼디〉의 주인장은 사진보다 실물이 훨씬 멋지다. 웹이나 홍보물에 등장한 그의 비주얼은 약간 경직된 해병대 느낌이지만 직접 만나면 그는 순진한 커피인의 모습 그대로다. 🫘

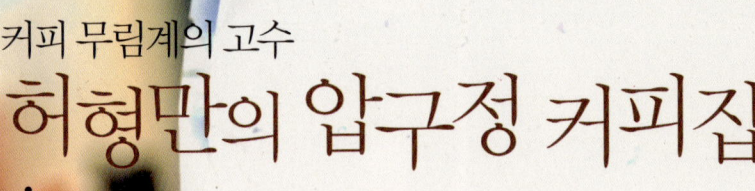

커피 무림계의 고수
허형만의 압구정 커피집

∶

압구정동

허형만 선생을 찾아뵙기로 하고 집을 나서는데 밤새 내리고도 모자랐

는지 그치지 않는 눈 때문에 어울리지도 않는 모자를 뒤집어썼다. 압구

정역에 내려서 30분간 길을 헤맸다. 휴대전화의 배터리가 바닥나서 공

중전화를 찾아 버스 정거장 두 개를 지났을 때쯤, 반대방향으로 온 것을

알고는 다시 버스를 갈아 탔다. 여전히 눈은 내렸고 어깨는 무거웠다.

그렇게 어렵사리 당도한 곳에 커피 무림계의 고수가 안경 너머로 커피

를 지그시 바라보고 있었다.

허형만 커피집에 당도해서 얼른 인사를 하고는 대충 구겨 앉았다. 반갑게 맞아주시는 선생 덕분에 눈바람 속을 헤맸던 것을 금세 잊었다. 어디어디를 거쳐 왔냐는 질문에 가지고 있던 인터뷰 목록을 보여줬더니, 꼭 가야 하는데 빠진 곳이 있다며 열심히 하고 있는 카페 몇 군데를 수첩에 빼곡히 적어주었다.

허형만 선생과의 첫 대면은 이렇게 다른 이들 먼저 챙기는 것으로 시작했다. 그리고 곧장 나를 테스트했다. 인터뷰하러 온 사람의 내공이 얼마나 되는지, 어느 정도의 강도로 이야기해야 하는지 그걸 알고 싶었던 것이다. 말이 통해야 이야기를 하지. 안 그러면 인터뷰가 아니라 강의가 될 것 같았나보다. 아무튼 내 대답을 다 듣고서야 이야기가 시작되었다.

허 형 만 의 압 구 정 커 피 집 … 허 형 만

그의 이야기를 듣고 있으면 마치 한 편의 무협지가 머릿속을 날아다닌다. 커피의 모든 분야를 직접 경험해온 그에게 경쟁자는 내면의 자아다. 내면이 불러일으키는 게으름의 유혹이 그에게는 가장 큰 적이다.

입과 목이 편안한 커피가 맛난 커피다. 쓴맛도 좋은 쓴맛, 물론 단맛의 여운이 있어야 하고, 입맛의 뒤끝이 깨끗해야 하며, 향기 역시 좋아야 한다. 마시고 나서 탄성이 나야 그것이 진짜로 맛있는 커피다.

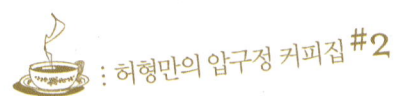

받아든 명함을 통해 선생이 추구하는 세 가지 커피철학을 알 수 있었다. 그는 커피학, 향과 맛의 분별력 그리고 추출기술을 가장 중요하게 여기는 것 같았다. 이것은 이야기 나누는 내내 심화되어 반복적으로 내 뇌리로 들어왔고, 어떤 경우에는 직접 내 수첩에 써 주기도 했다.

선생은 자신의 카페에서 강의를 하며 학생들과 직접 만나는 자리를 마련한다. 어떻게 하면 바른 커피를 알릴 수 있는지 공부하면서 재미난 말들을 많이 만들어 냈다. 마치 무림武林에 들어선 것처럼 선생의 말투에서는 결연함까지도 엿보였다. 접수신공接水神功, 교학신공敎學神功, 화조신공火調神功이라는 말을 직접 내 수첩에 재빠르게 써 내려간다. 이것은 그가 가지고 있는 맛난 커피에 대한 또 다른 표현들이다.

접수신공이란 드립을 의미한다. 커피에 물을 얹는 것이 경지에 이르러야 하는데, 그야말로 신의 기술처럼 되어야 한다는 것이다. 교학신공은 가르칠 때 나의 배움이 더욱 두터워진다는 것으로, 그에 의하면 가르치는 것은 두번째 배움이다. 화조신공은 로스팅을 의미한다. 불 조절이 관건이라는 말이다. 콩을 알고 그 콩의 상태와 콩이 가지고 있는 내밀한 부분을 완전히 이해해야 불 조절을 제대로 할 수 있다. 이 세 가지 기술이 완벽한 조화를 이룰 때 가장 맛난 커피를 만들 수 있다고 한다.

"그럼 맛난 커피는 뭐죠?"

"그야 맑은 커피지요."

"사람은 죽어서 천국을 가길 원하지만, 커피를 사랑하는 사람들은 코스타리카로 가길 원한다."

입과 목이 편안한 커피가 맛난 커피고, 그러기 위해서는 더욱 노력을 기울여야 한다. 쓴맛도 좋은 쓴맛, 특히 상큼한 신맛을 권장한다. 물론 단맛의 여운이 있어야 하고, 입맛의 뒤끝이 깨끗해야 하며, 향기 역시 좋아야 한다는 말이 계속 이어졌다. 마시고 나서 탄성이 나야— 음(飮)이라는 한자를 이용하여 풀어준다 —그것이 진짜로 맛있는 커피라는 말을 덧붙인다.

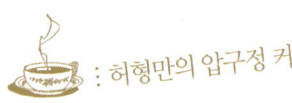 : 허형만의 압구정 커피집 #3

그는 커피의 모든 과정을 다 접해 봤다. 식품공학을 전공한 그는 20년의 시간이 흐르는 동안 커피와 함께 생활해왔다. 커피 회사에 입사해 연구실을 시작으로 품질 관리나 생산, 영업과 교육, 설비와 원두의 구매 등을 경험했고, 공장 전체를 책임지기도 했다. 그 모든 생활을 끝내고 지금의 커피집을 2001년 여름에 열었다. 어려움도 있었고 굴곡도 있었지만 끈기를 가지고 버틴 결과 오늘에 이르렀다. 그는 대기

그는 순발력보다는 '천천히'와 '꾸준히'를 마음에 품고 나아가
는 중이다. 기본이 되어 있고, 그것을 지속할 수 있는 끈기가 무
엇보다 필요하다고 첨언한다.

만성 스타일의 사람들을 좋아하고, 본인 역시 순발력보다는 '천천히'와 '꾸준히'
를 마음에 품고 나아가는 중이다. 기본이 되어야 하고, 그것을 지속할 수 있는 끈기
가 무엇보다 필요하다고 덧붙인다.

그러나 꾸준히 가는 것만이 전부는 아니다. 끊임없는 노력과 공부를 해야 한다. 그
냥 시간만 보내는 것이 아니라 자신의 현재 위치와 나아가야 할 방향을 제대로 알
고, 자신의 고쳐야 할 점을 고치고 강화할 점은 강화해야 끝까지 살아남을 수 있다
고 한다. 이 모든 것을 한마디로 지언행합일치知言行合一致라고 한다. 일단 알아야 하
고, 아는 것을 실천해야 한다는 것이다. 생각이 변하면 행동도 따라 변해야 한다는
것이 그의 지론이다. 그는 습관을 먼저 변화시키면, 그것을 통해 운명까지 바꿀 수
있다고 굳게 믿는다. 그는 요즘도 새벽 5시부터 커피를 볶는다. 두 시간 정도 볶고
나면 그날그날 주문량과 카페에서 소비할 만큼의 커피를 볶을 수 있고, 남들보다
일찍 시작하니 하루가 그만큼 길어진다고 한다.

가장 상대하기 어려운 라이벌이 누구냐는 어리석은 질문을 던졌다. 사실 반쯤은
답을 예상하고 한 질문이었는데, 역시 그는 자신과의 싸움이라고 대답한다. 특히
내면에 잠재되어 있는 게으름을 무척 싫어하는데 마음처럼 쉽지가 않단다. 그저
놀고 싶고, 쉬고 싶고, 여행하고 싶지만 카페를 맡아줄 사람이 없어서 그러지도 못
하고 꾹 눌러 앉아 있다고 한다. 그러다 짬이 나면 책을 읽고, 영화를 보고, 맛집을
찾아가고, 경치 좋은 곳을 드라이브 한다. 영화를 보면서 간접 인생을 체험한다는
그는 요즘도 일주일에 한두 편 정도는 꼭 본다.

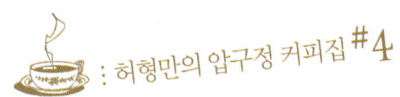

그의 카페는 아주 작다. 테이블이 고작 세 개밖에 없다. 그럼에도 불구하고 20~30명 되는 커피 아카데미를 진행하고, 오가는 손님들을 서운케 하지 않는다. 인터뷰 도중에도 그는 드나드는 손님들에게 연신 인사를 건네고 자상한 웃음을 지었다. 검은색 앞치마를 두른 다도인茶道人이 상냥하게 인사를 하는 것이다.

한참이 지나서야 커피를 마실 수 있었다. 신맛을 싫어한다고 말했는데도 그는 일부러 코스타리카Costa Rica 풀시티full city를 내밀었다. 자기가 볶은 커피에 자신이 있다는 뜻이다. 마셔보니 강하게 볶은 커피이면서도 신맛이 났다. 그것은 일종의 맑은 신맛이라고 표현할 수 있다. 고산지대에서 자란 아라비카 종 커피 가운데 수세 방식

혀 양끝으로 갈라지는 신맛은 이전까지 약하게 볶은 커피에서 맛보던 신맛하고는 다른 신맛이다.

으로 만들어진 커피만이 이런 깔끔한 신맛이 난다고 귀띔해주었다. 커피는 목 넘김까지 시원했다. 그리고 계속해서 중간 정도로 볶은 코스타리카를 내려주었다. 혀 양 끝으로 갈라지는 신맛은 이전까지 약하게 볶은 커피에서 맛보던 신맛하고는 다른 신맛을 가지고 있었다. 덧붙이는 그의 말이 더 걸작이다.

"사람은 죽어서 천국을 가길 원하지만, 커피를 사랑하는 사람들은 코스타리카로 가길 원한다."

맛깔난 신맛이 그냥 나온 것이 아니라는 말이다.

어느덧 눈이 그쳤다. 아침에 시작한 대화는 점심시간을 훌쩍 넘겼고, 아쉬움이 남았다. 작은 카페를 등지며, 아주 큰 사람을 만난 기쁨이 커피보다 더 깊은 흥분을 가져다주었다. 아침에 낑낑대며 분주히 오갔던 일들은 더 이상 생각나지 않았다. 힘들게 찾아간 만큼 깊은 대화를 나누어서 그런지 도리어 힘이 솟았다. 그가 읽다가 아무렇게나 테이블 위에 놓아둔 소설 『리버보이』가 머릿속에서 떠나지 않았다.

자존심으로 내리는 커피

커피명가 Coffee Myungga

:

대구

나는 우연을 믿지는 않지만 참 공교로운 날이었다. 내가 〈커피명가〉를

찾아간 날은 12월 8일이었다. 1980년 같은 달, 같은 날에 존 레논John

Lennon이 마크 채프먼이란 자에게 총격을 받아 세상을 떠났다. 그리고

그가 죽은 지 10년 뒤 대구 삼덕동에 〈커피명가〉가 문을 열었다. 더 황

당한 것은 〈커피명가〉 건너편에는 〈비틀즈〉라는 숍이 있었다. 바로 이

런 우연 같은 날과 사건이 얽혀 있는 '그날', 나는 〈커피명가〉의 바에

앉아서 건너편에 있는 〈비틀즈〉를 바라보고 있었다.

항상 그렇지만 낯선 곳에 있는 카페를 찾아가는 일은 그리 수월치가 않다. 얼핏 봤던 지도에는 〈커피명가〉가 경북대 근처에 있는 것 같았다. 무작정 그쪽으로 가는 버스에 몸을 싣고 경대입구에서 내렸지만 〈커피명가〉는 없었다. 나중에 알고 보니 〈커피명가〉는 정반대쪽인 경대병원 근처에 있었다. 학교와 병원이 따로 떨어져 있었던 것이다. 전화로 위치를 되묻고 얼른 택시를 타고 〈커피명가〉를 향해 달려 갔다.

카페는 100평은 족히 되어 보였다. 일부러 바에 가서 앉았다. 바리스타가 드립하는 모습도 보고 이것저것 묻기도 할 요량이었다. 익숙한 만델링 한 잔을 주문해 마시고 다시 한 잔 리필, 유기농 파푸아 뉴기니Papua New Guinea를 내려달라고 하였다. 약간 새콤한 맛이 나도록 볶았나보다. 커피를 몇 모금 마시고 이곳저곳을 어슬렁거리며 마음에 담듯 카페 내부를 사진기에 담았다.

〈커피명가〉의 역사를 증명하듯 구석구석에 커피와 관련된 사진이며 그림들이 붙어

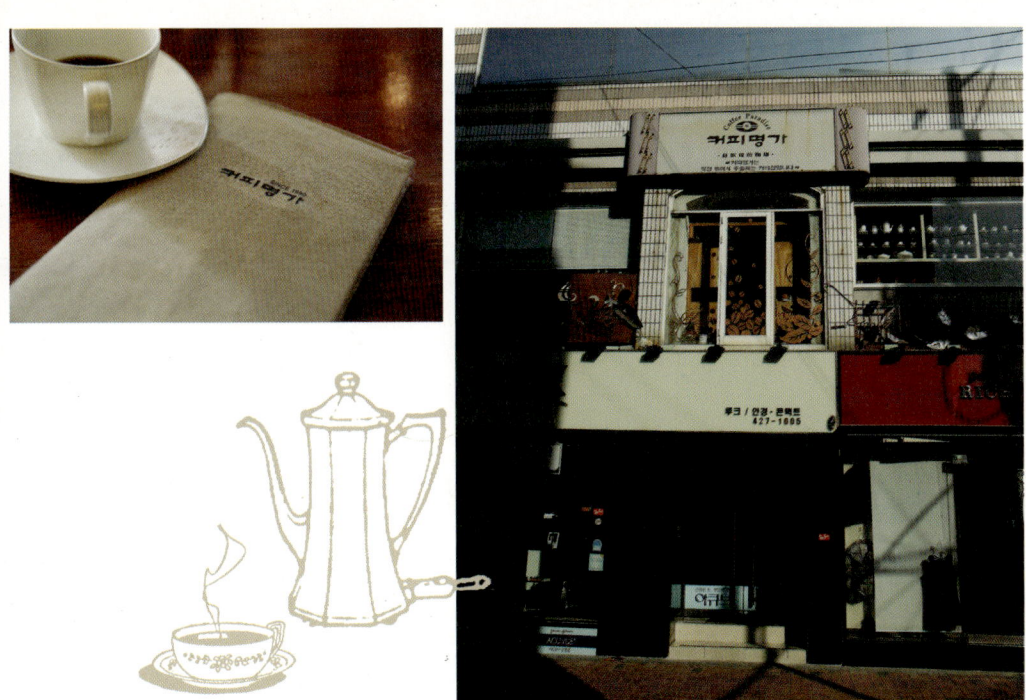

사실 〈커피명가〉란 말은 커피의 명가_{名家}겠지. 하지만 〈커피명가〉가 지향하는 것이 '밝고 따뜻한 생각', '사람', 그리고 '커피' 라고 하니 명가_{明家}가 영 틀린 말은 아니다.

있었고 〈커피명가〉의 이니셜들과 커피나무들이 나름의 질서를 가지고 자리하고 있다. 빛이 많이 드는 2층에 위치해서 그런지 명가_{明家}처럼 느껴졌다. 사실 〈커피명가〉란 말은 커피의 명가_{名家}겠지. 하지만 〈커피명가〉가 지향하는 것이 '밝고 따뜻한 생각', '사람', 그리고 '커피' 라고 하니 명가_{明家}가 영 틀린 말은 아니다. 아무튼 〈커피명가〉는 편안함과 동시에 깊이가 있는 공간처럼 마음을 잡아당겼다. 늘 가도 낯선 공간이 있는 것처럼, 처음 가도 익숙한 공간이 있다. 〈커피명가〉는 바로 후자였다.

"〈커피명가〉는 커피를 중요하게 생각합니다. 하지만 결코 커피에만 치우치지 않습니다. 커피와 함께하는 사람, 그리고 사람과 사람 사이의 대화를 사랑합니다."

 : 커피명가 Coffee Myungga #2

〈커피명가〉가 문을 연 게 1990년이라고 하니, 한국의 카페 역사에선 매우 일찍 발자취를 남긴 셈이다. 더구나 서울도 아닌 대구에서—지방 폄하가 절대 아님—원두커피를 하겠다고 하는 발상이 기특한 것 아닌가? 그래서 그런지 〈커피명가〉는 그 일대뿐 아니라 지금 흥행 일로에 있는 지방 카페들에게 맹주와 같은 역할을 하였다. 이를테면 커피 전도사라고나 할까? 아무튼 〈커피명가〉의 안명규 사장에게 커피를 사사한 고수들이 여럿 있다. 물론 그 자신도 한국 커피의 지존 가운데 한 사람으로부터 사사하였다. 이런 이면의 역사들이 있기에 오늘의 〈커피명가〉가 있는 것은 아닌지.

"〈커피명가〉는 커피를 중요하게 생각합니다. 하지만 결코 커피에만 치우치지 않습니다. 커피와 함께하는 사람, 그리고 사람과 사람 사이의 대화를 사랑합니다."

카페를 소개하는 작은 쪽지에 쓰인 글귀이다. 〈커피명가〉가 중요하게 생각하는 것이 무엇인지 정확하게 적혀 있다. 커피와 사람 모두를 깊이 고찰하는 카페라고나 할까?

카페 한 쪽에 '신선한 커피를 접하고 싶다면 목요일에 오세요' 라고 씌어 있다. 이유를 물었더니 매주 화요일에 커피를 볶아서 목요일 오전에 입고된다고 한다. 명가 이름을 내건 카페가 여러 곳 있어서 좋은 콩을 한 번에 구입하여 함께 볶아서 사용하는 것이다. 그렇다고 해서 이곳의 커피가 너무 여러 날 보관되어 신선도가 떨어진다거나 혹은 목요일이 아닌 요일에는 맛이 없다는 이야기는 아니다. 한 주에 소화되는 양을 정확히 측정하여 로스팅 되기에 언제나 신선한 커피를 즐길 수 있다.

커피를 즐기지 않는 손님을 위한 배려도 있다. 〈커피명가〉에는 함께 동석했으나 커피를 즐기지 않는 손님들을 위한 다른 달콤한 메뉴나 녹차 종류의 메뉴들도 여럿 있다. 커피만 고집하지 않고 사람을 귀하게 여긴다는 말이 사실인가보다.

11시에 오픈한 카페는 오후 3시정도가 지나면서 꽉 들어찬다. 한가한 시간을 즐기려는 사람은 오전 시간이 좋다. 더불어 붐비기 전까지―11시에서 3시까지―는 토스트도 제공된다(물론 셀프).

예전에 어학원에서 새벽반 수강하던 생각이 퍼뜩 스쳤다. 종로 2가 뒷골목(어학원골

'신선한 커피를 접하고 싶다면 목요일에 오세요'

목)의 〈자뎅〉에서는 아침부터 수많은 수강생들이 공부를 하는 건지 시시덕거리는 건지 알 수 없을 정도로 수다를 떨며 커피와 토스트를 즐겼다. 지금도 그러는지는 모르겠지만…… 암튼 토스트를 제공하는 명가의 배려가 고맙다.

내가 첫 손님이었지만, 시간이 조금 지나자 특이한 손님들이 하나, 둘 찾아들었다. 백발의 손님 세 명이 문을 밀고 들어섰고, 외국인이 시간을 두고 들어왔다. 거의 80은 되어 보이는데 원두커피? 그러나 바리스타와 주고받는 눈인사와 대화로 보아 하루, 이틀 온 손님이 아닌 것 같았다.

"피아노 연주자이신 추 선생님이신데, 10여 년이나 단골이세요."

주인장은 궁금해하는 나에게 웃으며 말했다. 그분이 "이거 귀한 기라!" 하시며 건넨 음반은 바이올린 콘체르토 연주곡이 담긴 음반이었다. 이내 카페 안은 아이작 펄만Itzhak Perlman이 연주하는 바이올린 소리로 가득 차고, 노년의 커피 애호가들의 마음으로 녹아들었다. 외국인 손님은 혼자였다. 안내를 받지 않고도 익숙하게 안쪽 자리에 앉는 것으로 보아 얼마나 자주 드나들었는지 짐작이 간다.

〈커피명가〉의 구석구석을 살피다보면 많이 발견되는 것이 세 가지가 있다. 하나는 커피잔이고, 다른 하나는 커피나무이다. 그리고 나머지 하나는 〈커피명가Coffee Myungga〉라고 하는 이니셜이다. 어디를 둘러봐도 이 세 가지는 존재한다.

한쪽 벽면에는 커피잔들이 무더기로 쌓여 있다. 진열이기는 하지만 마치 커피잔들이 피라미드를 만들고 있는 느낌이다. 수북이 쌓여 있는 커피잔들이 무슨 말인가 건네는 것처럼 환청이 들린다. 마치 소라 껍데기를 귀에 대면 파도소리가 들리는 것처럼. 그리고 작은 커피나무들이 눈길을 끈다. 세어보지는 않았지만 족히 수 십 주가 넘는 것 같다. 몇 해 전에 잘 키워보려고 커피나무들을 겨울에 화원에 보냈다가 난방장치가 고장 나는 바람에 몰사시키고, 작은 묘목들부터 새로 시작하는 중이란다. 예전에 한창 많을 때에는 묘목들을 팔기도 했는데, 이제는 고이 모셔두고 있다고 한다.

'커피명가Coffee Myungga'라는 이니셜 역시 많다. 마치 '여기는 명가의 영토입니다'라고 말하는 것처럼 사방이 명가 이니셜로 가득 차 있다. 하지만 같은 모양의 이니셜은 하나도 없다. 전부 손으로 자르거나 그래서 만든 것이고, 함석을 잘라 만든 것도 있었다. 정성도 정성이거니와 자부심이 대단한 모양이다.

커피를 내리랴, 새내기 바리스타 교육도 하랴 바쁜 선배 바리스타의 손놀림이 창문으로 들어오는 볕을 받아 환하게 빛나는 순간, 나는 〈커피명가〉에서는 모든 게 맛있는 것을 알았다. 창문으로 들어오는 빛도 맛있다는 것을.

커 피 명 가 Coffee Myungga … 안 명 규
그는 커피가 가진 다양한 모습 중에 소통에 중심을 두고 있다. 커피의 맛과 향, 그리고 커피를 마시는 사람. 무엇보다 커피를 가운데 두고 오가는 사람과 사람 사이의 대화를 진한 커피 맛으로 내린다.

〈커피명가〉의 구석구석을 살피다보면 많이 발견되는 것이 세 가지가 있다. 하나는 커피잔이고, 다른 하나는 커피나무이다. 그리고 나머지 하나는 〈커피명가Coffee Myungga〉라고 하는 이니셜이다.

넉넉한, 그러나 빈틈없는 커피를 말하다

빈 스 톡 Bean Stock

⋮

울산

이름을 잘도 짓는다. 성격이 두리 뭉실한 사장님과는 달리 카페 이름은

어찌 그리 세련되었는지……

강배전한 것을 융으로 내린 강배전 중의 강배전이 우리를 맞이했다.

카페에 들어서는데, 계단에 이상한 표지판이 붙어 있었다.

"CLOSED"

"현재 커피를 볶는 중입니다."

세상에! 가뜩이나 지방에서 드립커피 장사하기도 힘든데, 커피 볶는 시간에는 손님도 안 받는다니. 어안이 벙벙했지만 그게 박윤혁 사장의 소신이다. 그는 한 술 더 떠서 커피를 볶을 때에는 음악을 카페 안에 가득 풀어 놓는다. 구형 오디오기기를 통해 스피커에서 흘러나오는 음악을 커피에게 들려주려는 듯 최대한 볼륨을 높이고 커피를 볶는다. 젖소에서 착유할 때 음악을 들려준다는 소리는 얼핏 들었지만 커피에게도…… 암튼 독특한 사람임에 틀림이 없다.

카페로 들어갔더니, 역시나 손님은 한 명도 없었다. 주인장만이 우리 일행을 기다리고 있었다. 그리고 글렌 굴드의 피아노 연주가 울려 퍼지고 있었다. 로스팅 기계 옆으로 음악기기와 잔뜩 쌓여 있는 음반들이 눈길을 끌었다. 주인장이 클래식 전 분야를 좋아하는지, 오래된 음반에서부터 최신 음반까지 고루 갖춰져 있었다. 천장에는 멋진 로고가 그려져 있었다. 테이블 위에 놓인 각국의 커피 봉지나 생두들은 물론이고, 입구 쪽에 자리한 생두 가마니들까지 자연스럽게 카페 분위기를 연출하고 있었다.

중요한 건 커피다. 그의 커피는 알아주는 강배전이다. 사람들은 의외로 강배전을 두려워한다. 프렌치나 이탈리안 로스팅의 쓴맛을 알기 때문이다. 하지만 그의 커피는 좀 다르다. 아니 많이 다르다. 그는 강배전한 커피를 융(혹은 넬)으로 내려준다―drip이라는 말을 전문용어로는 '내려준다'고 표현한다. 그리고 그는 마시는 사람들의 표정을 읽는다. 끝으로 사람들의 놀라는 표정을 즐긴다.

강배전 된 커피를 융으로 뽑는다고 하면 도대체 어쩌란 말인가? 사실 강배전하면 일단 탄화된 맛이 강하고, 쓴맛 또한 강해지기 마련이다. 그리고 융으로 드립을 하면 다른 드립 방법에 비해 진한 맛을 얻게 된다. 그러므로 강배전 된 커피를 가지고 융으로 드립을 하면 가히 그 맛이 상상이 간다. 하지만 그의 커피는 다르다. 함부로 상상하지 말라는 말은 이럴 때 써야 한다.

융으로 내린다는 사실 말고도 또 놀랄만한 것은 그의 손놀림이다. 보통 드립을 할 때에는 주전자를 잡은 손을 천천히 돌리며 물을 얹는다. 즉, 드립도구는 서버와 함께 적당히 자리를 차지하고 있고, 대신 주전자들이 조금 분주하게 왔다 갔다 하는 것이 일반적인 상식이다. 하지만 그의 경우에는 완전 반대다. 정확한 이유를 묻지는 않았지만―차마 그 순간 물을 수 없어서―그는 융을 돌린다. 그런데 그 손놀림이 예술이다. 이미 그의 손놀림은 득도의 경지에 이르렀다. 빈틈없이, 주전자와 융은 조화를 이루고 아주 천천히 커피가 서버 위로 굴러 내린다.

빈 스톡 Bean Stock … 박윤혁
커피를 볶을 때 손님을 받지 않는 그는 오직 모든 환경을 커피에 집중할 수 있도록 한다. 그는 강배전한 커피를 다시 한 번 융으로 내린다. 융으로 내릴 때 그의 손놀림은 가히 신들린 손처럼 보는 사람으로 하여금 감탄을 자아내게 한다.

그의 커피는 알아주는 강배전이다. 하지만 그의 커피는 다르다. 그는 강배전한 커피를 융(혹은 넬)으로 내려준다. 그리고 마시는 사람들의 표정을 읽는다. 끝으로 사람들의 놀라는 표정을 그는 즐긴다.

명필이 붓을 가리랴. 수줍어하는 그의 웃음
에 묻어 있는 여유는 바로 기계나 화려한 치
장에서 나오는 것이 아니라 내면에 있는 그
만의 힘에서 나오는 것이다.

 : 빈 스톡 Bean Stock #3

커피 한 모금을 마시고 깜짝 놀란 이유는, 상상한 것과는 달리 쓰지 않았기 때문
이다. 대신 부드럽다. 그리고 몽글거린다. 커피 오일이 살아 있는 것처럼 느껴진
다. 아니면 커피 알맹이가 또르르 혀 위를 굴러가는 것일지도 모른다. 그의 커피
를 마셔본 사람 가운데 어떤 이는 그가 "경지에 올랐다"고 말한다. 그 말이 맞는
지도 모른다. 그의 커피를 입안에 넣는 순간 울산 동구의 주전 해안가에 있는 몽
돌이 떠올랐다. 마치 파도가 그 돌 위를 구르듯이 오락가락 하는 것처럼 커피는
내 입안을 굴러다녔다.

그가 얼마나 커피를 많이 볶아내는지는 모르겠지만 여러 곳에서 그의 커피를 받
아서 판다고 한다. 또 그에게서 커피를 배운 문하생들이 그의 커피를 애호愛好하
여 많이 사간다. 그런데 그가 가지고 있는 로스팅 기계는 의외로 어색하다. 아니
궁박하다고나 할까? 그의 명성에 어울리려면 아무리 적게 볶아도 3kg 정도 되는
기계는 사용해야 하지 않을까? 그러나 그는 아주 작은 기계를 사용한다. '후지로
얄 이따루' 진짜 궁색하게 생겼다는 말밖에는 달리 표현할 길이 없다. 그러나 그
는 그 궁박한 기계를 가지고 참으로 맛난 커피를 볶아 내고 있었다.

보통 드립을 할 때에는 주전자를 잡
은 손을 천천히 돌리며 물을 얹는
다. 하지만 그의 경우에는 완전 반
대다. 그는 융을 돌린다. 그런데 그
손놀림이 예술이다. 빈틈없이, 주전
자와 융은 조화를 이루고 아주 천천
히 커피가 서버 위로 굴러 내린다.

그의 커피를 입안에 넣는 순간 울산 동구의 주전 해안가에 있는 몽돌이 떠올랐다. 마치 파도가 그 돌들 위를 구르듯이 오락가락 하는 것처럼 그의 커피는 내 입안을 굴러다녔다.

 : 빈 스톡 Bean Stock #4

명필이 붓을 가리랴. 그의 수줍어하는 웃음 안에 있는 여유는 바로 기계나 화려한 치장에서 나오는 것이 아니라 내면에 있는 그만의 힘에서 나오는 것이었다. 돈이 없 어서가 아니다. 공연히 궁색한 티를 내기 위함도 아니다. 그는 기계에 의존하지 않 고 그저 진정한 실력으로 커피를 하고 싶을 뿐이다.

古都에서 만난 커피

슈만과 클라라
Schumann & Clara

:
경주

천 년 고도古都 경주하면 불국사가 생각나지만, 커피 애호가들에겐 〈슈
클(슈만과 클라라)〉이 떠오른다. 커피 여행을 하는 사람치고 이곳을 다녀가
지 않은 사람이 없을 정도로 유명한 커피숍이다. 서울로 진출하라는 누
군가의 제안에, 주인장 최경남 선생은 "실력이 안돼서⋯⋯"라며 겸양을
보이지만 '경주에 있어도 전국 손님이 다 오는데⋯⋯' 하는 게 내 생각
이었다.

번화가에서 얼마나 떨어져 있는지, 그 위치가 얼마나 좋은 목인지는 모르겠지만, 그저 큰 건물 지하에 자리하고 있는 찻집마냥 소박한 간판 하나 달고 있는 게 여기가 그 유명한 〈슈클〉인가 할 정도로 입구는 빈약했다. 하지만 내려가는 계단에 걸려 있는 주인장의 드립 사진과 여러 컷의 스틸 사진들을 보니 서서히 안심이 되었다. 그리고 문을 열자 겉보기와 다르게 커피와 음악이 어우러진 공간이 펼쳐졌다.

1999년 문을 연 이래 커피에 대한 열정 하나로 자리를 지키고 있는 〈슈클〉의 주인장은 유난히 사진 찍히는 것을 꺼렸다. 주인장이 오기 전에 먼저 도착한 일행이 사진을 찍으려 하자 젊은 바리스타—마치 공작의 깃털 같은 화려한 헤어스타일을

한, 함께 동행 했던 어떤 분은 그에게 후투티 새 같다고 말하기도 했다—한 사람이 웃음을 지으며 강력히 주의를 줬다.

"사진은 안 됩니다."

속으로 얼마나 떨었던지…… 사진 찍으러 내려갔는데 사진을 찍지 말라니? 하지만 바에 앉아 슬그머니 카메라를 꺼냈고, 함께 간 지인知人의 도움으로 간신히 허락을 받고서 셔터를 눌렀다. 주인장 최 선생이 비장의 한마디를 던졌다.

"제가 드립하는 것을 처음 찍으시는군요."

아마 이런 면면이 〈슈클〉을 키운 것이 아닌가 생각됐다. 자신만의 독특함을 가지고 있으며, 그것을 함부로 드러내지 않는 그만의 방식. 그리고 그런 것들에 호기심을 가지고 있는 나 같은 사람들.

"제가 드립하는 것을 처음 찍으시는군요." 아마 이런 모습이 〈슈클〉을 키운 것이 아닌가 생각됐다. 자신만의 독특함을 가지고 있으며, 그것을 함부로 드러내지 않는 그만의 방식

〈슈클〉은 음악가 슈만 Schumann과 그의 영원한 연인 클라라 Clara를 지칭하는 이름이다. 카페 이름치곤 그리 나쁘지는 않지만, 그렇다고 커피가 연상되는 이름도 아니다. 대신 그 이름값을 하는 음악이 〈슈클〉의 특징이다. 커피만이 아니라 음악을 위한 공간으로 이용되기도 한다. 정기적인 음악 감상의 기회는 물론이고, 음악 감상 동호회의 모임 장소로도 이용된다. 한 쪽 벽면을 빼곡히 차지하고 있는 클래식 LP들과 또 다른 벽을 채우고 있는 CD들이 모두 클래식 음반들이다. 그러면서도 스피

〈슈클〉의 특징은 커피만이 아니라 음악을 위한 공간으로 이용되기도 한다. 정기적인 음악 감상의 기회는 물론이고, 음악 감상 동호회의 모임 장소로도 이용된다.

커는 클래식과 재즈를 번갈아가며 토해낸다. 적당히 듣기 좋을 만큼의 음량과 차분한 느낌의 음률이 커피 마시기 딱 좋은 분위기를 만들어 낸다.

카페의 절반을 유리로 막아 음악을 감상할 수 있도록 해 놓았지만, 실제로 음악 감상 동호회의 모임이 있는 날이면 칸막이가 무색할 정도로 카페 안이 사람들로 꽉 들어찬다고 한다. 맨 앞—사실은 제일 깊숙한 곳—에는 진공관 기기들과 커다란 스피커가 있는데, 음향 기기들도 커피만큼이나 중요한 역할을 하는 것처럼 보였다.

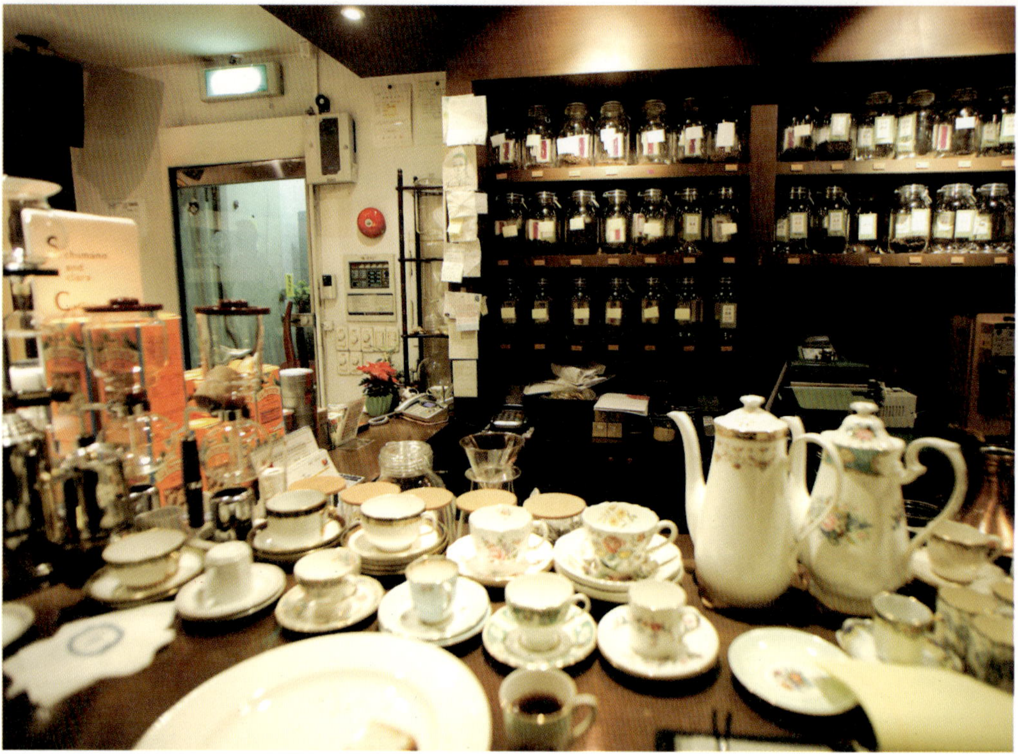

멀리서 왔다며 내어준 첫잔은 콜롬비아를 약배전한 것이었다. 약하게 볶으면 보통 시큼한 맛이 강해야 하는데, 입 안에 머금는 순간 마치 차를 마시는 듯한 착각을 일으킬 정도였다. 직접 로스팅한 것을 직접 드립하니 어찌 아니 좋으랴! 누군가의 입에서 흘러나온 "상큼한 새콤함"이라는 표현에 절로 고개가 끄덕여졌다. 어느덧 두번째 잔으로 내려준 쿠바 ETL(최상급 원두) 역시 시원한 차 한 잔을 마시는 듯한 느낌을 받았다.

약배전의 경우에는 충분한 숙성 과정이 있어야 더욱 맛이 난다고 한다. 어떤 경우에는 볶은 지 1개월 정도가 지나야 제 맛을 내기도 한다니, 무조건 엊그제 볶은 커피가 최고는 아니라는 말이다.

짧은 머리와 김구 선생 스타일의 안경을 쓴 최 선생은 약배전의 진수를 충분히 보여주었고, 이런 곳이 있는 것만으로도 그에게 감사할 따름이었다. 그의 말에 따르면 약배전의 경우에는 충분한 숙성 과정이 있어야 더욱 맛이 난다고 한다. 어떤 경우에는 볶은 지 1개월 정도가 지나야 제 맛을 내기도 한다니, 무조건 엊그제 볶은 커피가 최고는 아니라는 말이다. 마치 술꾼들이 여러 순배의 잔을 돌리며 마시듯, 연거푸 나오는 알찬 커피들을 마시며 〈슈클〉의 유명세가 공연한 것이 아님을 확인했다.

구워 내는 빵과 쿠키는 좋은 재료라기보다는 최상의 재료를 가지고 만들었다고 하는 것이 정확한 표현일 것이다. 빵과 쿠키 종류들은 매일 한정량만 만든다. 심지어 한 사람이 많이 사가지 않도록 간청하는 경우도 있다.

 : 슈만과 클라라 Schumann & Clara #4

구워 내는 빵과 쿠키는 좋은 재료라기보다는 최상의 재료를 가지고 만들었다고 하는 것이 정확한 표현일 것이다. 입맛을 돋우는 치즈가 섞인 생크림 등이 어우러진 빵과 쿠키 종류들은 매일 한정량만 만든다. 그렇기 때문에 다른 손님들을 배려해 한 사람이 많이 사가지 않도록 간청하는 경우도 있다. 〈슈클〉에서는 이 모든 것을 최경남 선생이 직접 만든다.

최 선생은 옛 어른들의 표현처럼 까놓은 알밤처럼 다부지다 못해 냉정해 보였다. 다른 부분은 모르겠으나 커피를 하는 모습에서는 첫인상에서 크게 벗어나지 않는다. 그라인더에 커피를 간 뒤에 남아 있는 껍질을 불어내고, 온도와 드립하는 시간을 재기 위한 온도계와 스톱워치 등을 꼼꼼히 체크하는 것은 커피를 내리기 위한 그만의 방식이다. 어떤 이들은 이런 최 선생의 모습에 반하고, 그 카리스마에 눌리기도 한다.

길가까지 배웅하는 주인장의 호의를 받으며 〈슈클〉을 나서자 이미 어둑한 밤거리가 더욱 카페를 포근하게 만들고 있었다. 🍵

슈 만 과 클 라 라 Schumann & Clara … 최 경 남
커피하면 역시 음악이다. 그것도 클래식. 카페 이름에서 느껴지듯 클래식이 지배하고 있는 카페에 그는 약배전의 진수를 유감없이 발휘하고 있다. 약배전의 경우 갓 볶은 것보다는 1개월 정도 숙성해야 제 맛을 낸다고 한다.

차 마시는 동네 茶洞
다동 커피집
⋮
다동

〈다동 커피집〉이라는 이름보다는 '이정기'라는 이름이 오히려 알기 쉽

지 않을까? 한국 커피계에 아주 독특한 위치를 차지하고 있는 이정기

선생이 연구회 겸 커피집으로 문을 연 곳이 〈다동 커피집〉이다. 본래 이

정기 선생을 알고 있는 사람들은 물론이고 근처 사무실에 근무하는 사

람들이 드나들며 아주 독특한 커피 문화를 형성하고 있다.

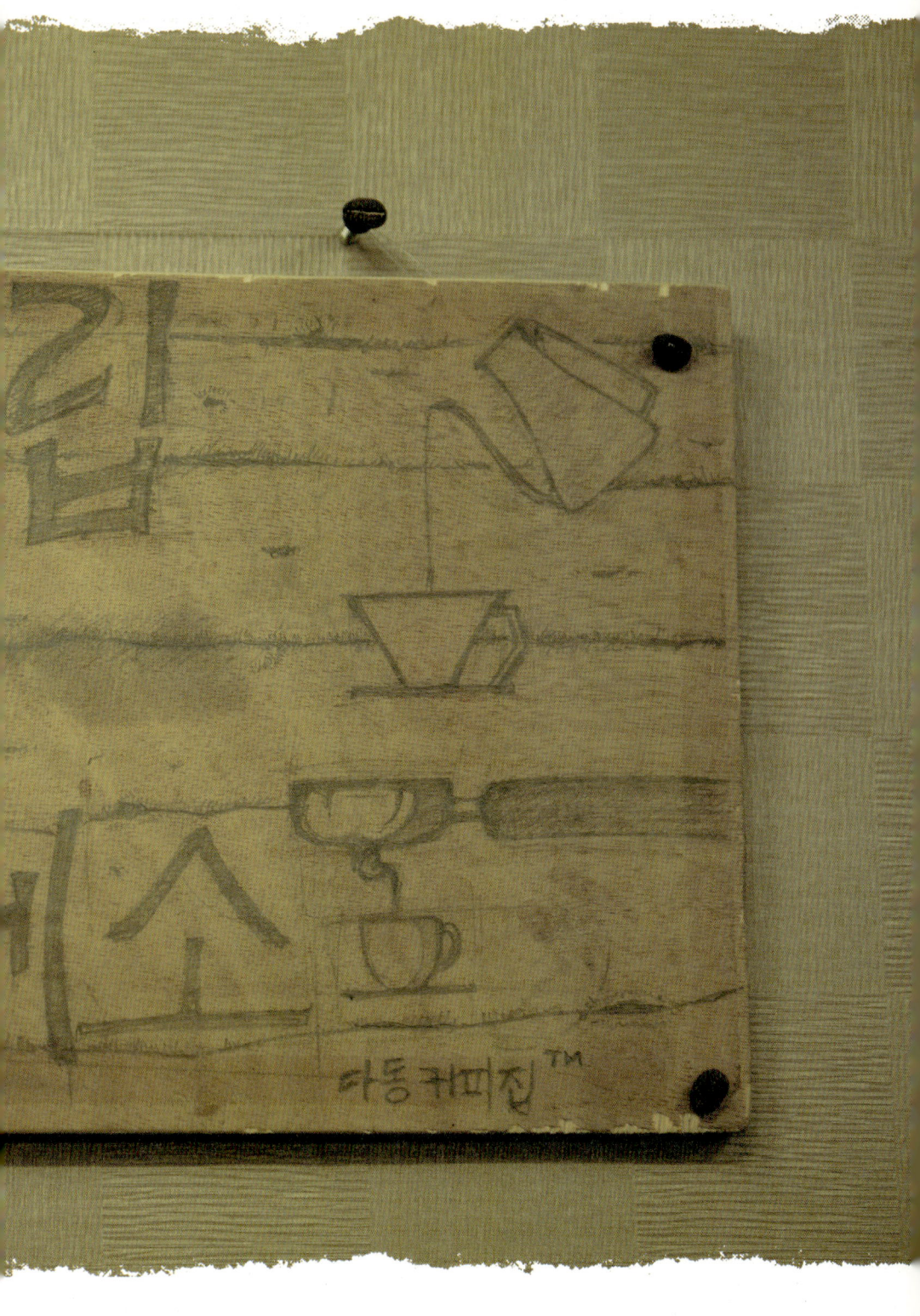

 : 다동 커피집 #I

오후가 지날 무렵 〈다동 커피집〉을 찾아 나섰다. 예전에 자주 가던 콩나물 해장국 집이 근처에 있어서 그리 어렵지 않게 찾았다. 사실 이곳을 처음 찾는 사람들에게는 찾는 일이 결코 쉽지 않다. 마치 시장통을 방불케 하는 골목길로 들어가 여기저기 낯선 간판들을 헤매다 2층 벽면에 걸쳐 있는 큼직한 현수막과 간판 하나를 찾아야 한다. 몬드리안의 그림같이 분할된 간판이 독특하다. 예쁘다기보다는 현실적이라 는 생각이 든다. 계단을 올라가면서 낯선 곳을 찾아가는 설렘보다는 실망하지 않을 까하는 걱정이 앞섰다.

〈다동 커피집〉의 주인장은 그야말로 고집도 분명하고 열정도 있는 사람이다. 하지만 그는 커피 마시는 사람들을 위해 그런 고집을 과감히 꺾는다. 그에게 있어서 자신보다 더 중요한 것은 손님이기 때문이다.

첫인상? 글쎄…… 약간은 경직되고 그리 세련되지 못한 것 같은 느낌이랄까? 낮은 천장과 금방이라도 꽉 차버릴 듯한 공간이 이정기 선생의 느낌과는 사뭇 달랐다. 허름한 피셔 스피커에서 흘러나오는 낮은 톤의 클래식이 간신히 낯선 이의 마음을 가라앉혔다. 나중에서야 여느 카페와 달리 화려하지 못한 연유를 알게 되었다. 명동에서 인사동으로, 다시 이곳 다동으로 옮기면서 많은 난관을 겪었고, 금전적인 손해도 보았단다. 예전에는 허가가 쉬웠는데 요즘 들어 강화되는 바람에 얼마 장사도 못하고 이곳 다동에 새로운 둥지를 틀게 되었다.

주문한 요가체프가 나왔다. 상상외로 약하게 볶은 커피이다. 다른 사람들은 대부분 강하게 볶는데, 이정기 선생은 중간 정도로 볶는다. 이유는 간단하다. 사람이 느끼기에 가장 맛있는 맛은 강한 쓴맛보다는 달콤한 신맛이기 때문이다.

 : 다동 커피집#2

주문한 요가체프가 나왔다. 상상외로 약하게 볶은 커피이다. 요즘 로스팅의 추세가 대부분 강하게 볶는데, 이정기 선생은 중간 정도로 볶는다. 이유는 간단하다. 사람이 느끼기에 가장 맛있게 느껴지는 맛은 강한 쓴맛보다는 달콤한 신맛이기 때문이란다. 커피는 만드는 사람인 내가 좋아서 그렇게도 하지만, 반대로 마시는 사람을 위한 철저한 배려도 필요하기 때문에 적당히 볶아 그 특성에 맞게 잘 내려 마셔야 하는 것이다.

이정기 선생은 이야기를 나누는 중에 나에게 몇 번 주의를 준다. 배전이 아니라 볶기라고, 그것도 아니면 차라리 영어로 말하란다. 배전은 일본어를 그냥 한글로 음차한 것으로 사전에도 없는 말이라고…… 그러고 보니 그는 물을 얹는 것을 순 우리말로 '손흘림'이라고 한다. '손흘림커피'. 듣고 보니 참 맛이 나는 말이다. 언어 순화를 위해 이리저리 노력하지만 그리 쉽지 않다고 한다. 그러면 드립의 우리말은? 당연히 '뽑기'라고 한다. 그래서 그는 '볶기와 뽑기'라는 말을 사용한다. 손흘림, 볶기, 뽑기 등의 말이 그저 순간적인 아이디어가 아니라 그의 커피 철학을 담고 있다. 시간이 지날수록 협소하고 우중충했던 커피집이 정감 있게 다가오기 시작했다. 그가 만들어 낸 말은 더 있다. 지금 커피계에서 흔하게 사용하는 1徐3朴이라는 말도 그가 처음 만들었다. 작고하신 서정달 선생을 비롯하여 박원준, 박상홍, 박이추 선생 등이 활발하게 활동하던 시절에 그들을 함께 묶어 부른 것을 기자가 기사에 쓰면서 사람들 입에 오르내리게 되었다고 한다. 이런 말은 비단 유행어를 만들어 내는 개그맨들의 전유물이 아니다. 오랫동안 애정을 가지고 현장을 활보하며 일하고 있을 때, 그것을 간파하는 용어들을 정립할 수 있는 것이다.

이정기 선생의 커피 용어 순화
- -
배전 → 볶기, 드립 → 뽑기
물을 얹는 것 → 손흘림
1徐3朴 → 서정달, 박원준, 박상홍, 박이추

 : 다동 커피집 #3

이정기 선생은 〈우리 커피 연구회〉를 만들어 활동 중이다. 한국적인 커피 문화를 위한 끝없는 연구가 이어지고 있다. 처음에 커피 공부를 하면서, 콩 green beans은 우리나라에서 나오지 않으니 콩에 대한 공부는 하지 않았다. 대신 뽑기에 주력을 했다. 하지만 뽑기 전에 컵핑이 중요하고, 그 이전에 볶기가 더 중요하다는 사실을 알게 되었다. 그러기 위해서는 콩도 알아야 한다는 사실을 금방 깨닫게 되었다. 지금은 처음 생각과는 달리 그 전체를 아우르는 포괄적인 공부를 하고 있다. '볶기와 뽑기'는 커피에 대한 그의 전체적인 생각이 담겨 있는 말이다. 어떻게 하면 맛난 커피를 마실 수 있는가, 그것도 한국인의 입맛에 딱 들어맞는 맛은 무엇인가, 끊임없이 노력하고 연구하는 그의 내면이 더 값진 맛을 우려낸다.

그는 커피를 문화로 이해해야 한다고 한다. 다른 문화 소산들보다는 더디겠지만 앞으로 더욱 발전할 가능성을 조심스럽게 피력한다. 그야말로 밥 먹고 살만하면 다른 문화 접촉을 더 많이 하게 될 것이고, 커피는 그 가운데 매우 중요한 매개체가 될 것이기 때문에 앞으로도 커피 시장은 밝다고 보는 것이다. 물론 그 속에 명멸하는 수많은 커피집들이 있겠지만 말이다. 그래서 그는 계속 커피를 문화적으로 이해하고, 그렇게 되도록 노력해야 한다고 한다. 단순한 음료가 아니라 문화를 판매하는 것이기에 서비스는 물론이고 모든 여건들이 어울려야 한다는 것이다.

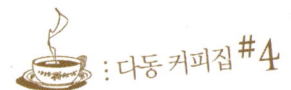

〈다동 커피집〉의 주인장은 그야말로 고집도 분명하고 열정도 있는 사람이다. 하지만 그는 커피 마시는 사람들을 위해 자신의 고집을 과감히 꺾는다. 자신보다 더 중요한 것은 소비자이기 때문이다. 그는 소비자가 가장 맛있어하는 커피를 하려고 노력한다. 메뉴 가운데 단종 커피가 왜 이렇게 조금이냐고 묻자, 단종으로 뽑아서 진짜 맛나게 먹을 수 있는 커피가 그리 많지 않아서 그런단다. 차라리 그런 맛들이 어우러져 더 맛난 커피를 만들어내는 것이 좋다는 의미로 들린다.

〈다동 커피집〉의 커피 값은 무척이나 착하다. 그리고 리필도 자유롭다. 주인장의 생각에는 그 정도면 적당하다고 한다. 물론 커피만 팔아서는 수지가 맞지 않는데, 동네 특성상 많은 손님들이 콩을 사가기 때문에 가능하다고 귀띔해준다.

'볶기와 뽑기'는 커피에 대한 그의 전체적인 생각이 담겨 있는 말이다. 어떻게 하면 맛난 커피를 마실 수 있는가, 그것도 한국인의 입맛에 딱 들어맞는 맛은 무엇인가, 끊임없이 노력하고 연구하는 그의 내면이 더 값진 맛을 우려낸다.

맛도 특별하다. 지난 번 경주 〈슈클〉에서 마셨던 약볶음과는 조금 다른 맛을 가지고 있다. 새콤하면서도 달콤한 맛이 함께 담겨 있다. 강한 커피를 싫어하는 이들에게는 아주 맛있는 커피가 될 것이다.

〈다동 커피집〉 근처에는 맛난 먹을거리 집도 많고 청계천도 가깝다. 이정기 선생의 이름을 믿고 찾아간다면 그 허름함 속에 묻어나는 여유 있는 커피를 즐길 수 있지 않을까 싶다. 〈다동 커피집〉을 나서는 겨울 저녁이 한가로워 청계천을 따라 한참을 걸었다. 아까 뽑아준 새콤한 맛이 벌써 다시 떠올랐다. ✿

다동 커피집 … 이정기
〈우리 커피 연구회〉를 만들어 활동하고 있는 그는 커피 용어를 순우리말로 전환하여 쓰고 있다. 커피를 단순한 음료가 아닌 문화로 이해하기를 바라는 그는, 커피에 대한 자신의 철학을 굳건히 고수하고 있다.

좋은 커피와 완벽한 카페의 만남

클럽 에스프레소
:
Club Espresso

부암동

부암동 산길을 오르던 날은 겨울비가 도로를 촉촉이 적시던 날이었다.

커피를 마시기에 딱 좋은 날이었다. 은근히 흥분 되었다. 부암동의 맑은

공기며 그곳의 분위기가 마음의 동요를 일으키기에 충분했다. 물, 불,

공기의 흐름을 완벽하게 가려내서 로스팅한 커피와 최상의 분위기를

고집하는 카페로의 발걸음은 늘 신선하다.

이른 시간이었는지 그제야 주차장을 쓸며 손님 맞을 준비를 하는 것 같았다. 자리에 앉아 니카라과 한 잔을 시키고 주인장에게 전화를 넣었다.

"커피 안 팔고 어디 계십니까?"

수화기 저편에서 들려오는 답변은, 놀러 다니고 있는데 곧 가게로 들어갈 거라고 한다. 이것저것 생각하다 몇 해 동안 주인장과 나누었던 커피 얘기며 삶의 작은 이야기들을 되새겨 보았다.

 : 클럽 에스프레소 Club Espresso #I

1990년 대학로에서 시작한 그의 커피 인생은 이제 20년을 헤아리고 있다. 대학로에서 정확하게 10년을 지냈고, 지금의 부암동으로 2001년에 옮겨 왔다. 대학로 골목에서 커피를 볶는 것이 여의치 않아 부암동 골짜기로 옮긴 것이다. 처음에는 카페 옮기는 것이 모험처럼 느껴졌고, 어려움도 있었지만 이제와 생각하면 잘했다는 생각이 든단다. 커피에게 신선한 공기를 불어 넣어주는 것도, 좀더 자유로운 분위기에서 커피를 볶을 수 있게 된 것도, 그리고 임금님 뒤통수(인왕산 줄기)에서 커피를 볶는 기분까지……

〈클럽 에스프레소〉는 약간의 불편함을 주는 커피집이다. 일단 다른 곳과는 달리 대중교통을 이용하여 접근하기가 용이하지 않다. 부암동 산꼭대기에 자리하고 있어서 녹색 버스 몇 노선만이 오갈 뿐이다. 그렇다고 자가용을 이용하는 것도 그리 쉬운 방법은 아니다. 주차장이 넓지 않아 늘 주차 문제 때문에 골머리를 앓는다. 그래서 주인장은 항상 주차장에서 손님들의 차를 주차하느라 분주하다.

하지만 이런 불편함은 카페의 분위기와 커피 맛 때문에 금방 망각하고 만다. 카페 안에 있는 대부분의 가구들과 소품들은 모두 주인장의 손을 거쳐 나온 작품들이다. 약간은 투박해 보이는 테이블들과 의자들, 길고 넓은 바, 커피를 쌓아 놓은 선반까지 그의 손을 거치지 않은 것들이 하나도 없다. 그러고 보니 그는 여러 가지로 바쁜 사람이다.

그의 손놀림 때문에 여러 가게들이 덕을 보았다. 나무를 다루는 솜씨가 일반 소목에 버금가다보니 여기저기 그의 인테리어 솜씨가 발휘된 가게들이 하나씩 늘어가고 있다. 그가 두번째로 바쁜 이유가 여기 있다. 한 가지 바쁜 이유를 더 추가한다면, 난로 때문이다. 대강 두들겨 만든 것처럼 생긴 난로가 카페 중앙에 버티고 있는데, 때때로 불쏘시개며 작은 장작들을 집어넣고 불을 살핀다. 그의 불 다루는 솜씨는 로스팅 때문인지 능숙해 보인다.

만일 〈클럽 에스프레소〉를 방문한다면 2층으로 올라가
길 권한다. 그곳은 커피 창고이면서 동시에 열려져 있는
로스팅 공간이다. 그냥 맨송맨송하게 커피만 마실 것이
아니라면 볼거리들이 있는 2층에서 커피를 즐기는 것이
색다른 맛을 더해 줄 것이다.

 : 클럽 에스프레소 Club Espresso #3

부암동에 〈클럽 에스프레소〉가 처음 들어왔을 때에는 건물의 1층만 사용했었다.
그리 크지도 그렇다고 작은 공간도 아니다. 그러다가 지하를 점령했고, 3층으로
공간을 늘렸고, 급기야 2층까지 완전히 점령해버렸다. 3층은 보여주지 않는다.
〈클럽 에스프레소〉의 심장과 같은 공간이다. 그곳에서 웬만한 것이 다 생산된다.
주인장의 다방茶房이 작게 자리하고 있으며, 다른 한쪽에는 케이크와 쿠키를 생산
하는 베이커리가 있다.

만일 〈클럽 에스프레소〉를 방문한다면 2층으로 올라가길 권한다. 흡연하는 분들은 2층으로 가야하지만, 비흡연자도 2층으로 가보길 권한다. 그곳은 커피 창고이면서 동시에 열려져 있는 로스팅 공간이다. 한쪽에는 테이블을 몇 개 놓아 손님들이 이용할 수 있도록 해놓았고, 다른 한쪽에는 산지별로 쌓아놓은 커피 자루들과 커피를 볶을 수 있는 기계가 있다. 그냥 맨송맨송하게 커피만 마실 게 아니라면, 2층에서 이런 볼거리들과 함께 커피를 즐겨보는 것도 괜찮을 듯하다.

 : 클럽 에스프레소 Club Espresso #4

흘금거리기도 하고, 기웃거리기도 하는 사이에 손님이 그새 꽉 찼다. 동네 예술가들과 교수들, 그리고 오래 전부터 이곳을 알아온 마니아들과 누구에게서 들었는지 모르지만 소문을 듣고 찾아온 손님들이 카페 안을 가득 메웠다.

그는 늘 "커피의 꽃은 카페"라고 외친다. 아무리 커피를 맛나게 볶고 내린다 해도 훌륭한 카페에서 잘 소비되지 않는다면 무위로 돌아간다고 생각한다. 이것은 그저 커피를 상품으로 생각하는 것과는 다르다. '커피'와 '카페'가 가지고 있는 의미에 대해 오랜 시간 고민한 결과가 그의 말 속에 담겨 있다. '커피'와 '카페'는 문화적인 의미를 가지고 있으며, 그것들이 가진 의미를 극대화하기 위해서는 좋은 커피가 예쁜 카페에서 맛나게 소비되어야 한다는 것이다. 맛난 커피는 멋진 카페에서 팔려야 하고, 자신도 그것을 실현하기 위해 두 가지 모두에 집중하고 있다고 한다.

아무리 좋은 커피라고 해도 카페가 완전하지 못하면 그 맛은 반감이 되거나 느껴지지 않는다. 그만큼 커피는 분위기를 타는 음료이다. 그래서 그는 둘 다에 집중을 한다. 좋은 커피와 완벽한 카페.

그래서 그는 물이나 불, 공기의 흐름을 카페의 입지 못지않게 중요하게 여긴다. 로스팅 과정 중에 만나는 변수들을 잘 조절해서 좋은 커피를 만들어 내는 것이 그의 소박한 꿈이다. 그리고 그렇게 만들어 낸 커피를 가장 행복한 분위기에서 소비하는 곳이 바로 카페이다. 아무리 좋은 커피라고 해도 카페가 완전하지 못하면 그 맛은 반감이 되기 마련이다. 그만큼 커피는 분위기를 타는 음료다. 그래서 그는 둘 다에 집중을 한다. 좋은 커피와 완벽한 카페.

푸념 섞인 한마디를 던지는 그의 말 속에 진심이 담겨 있다.

"시내에 나와서 갈만한 곳을 찾기가 만만치 않다."

그의 말은 숫적으로는 카페가 늘어나고 있지만, 이와 달리 맛나고 괜찮은 카페가 많지 않다는 의미로 전해진다.

클 럽 에 스 프 레 소 Club Espresso … 마 은 식
대학로에 배어 있던 커피 향을 부암동으로 옮겨온 그는 모든 것을 입체적으로 바라본다. 커피를 할 때 물, 불, 공기의 흐름을 중요시하며, 커피와 어울리는 카페 역시 중요시여긴다. 최고의 커피를 최고의 카페에서 즐겨야 한다는 것이 그의 지론이다.

정직한 커피가 남산의 풍광風光을 만나다

전광수 커피하우스
Coffee house

⋮

남산 가는 길

겨울이라는 계절을 탓해야만 할 것 같다. 연신 내리는 눈 때문에 이동이
어렵고, 가뜩이나 실내 사진이라 빛이 없어 마뜩찮은데 날씨까지 흐리
니 마음부터 무거웠다. 수첩을 몇 번이나 확인하며 장소를 정확히 인지
하고 택시에 몸을 실었다. 남산에서 '히말라야의 선물'을 만들고 있는
〈전광수 커피하우스〉, 그곳에 눈꽃이 피고 있었다.

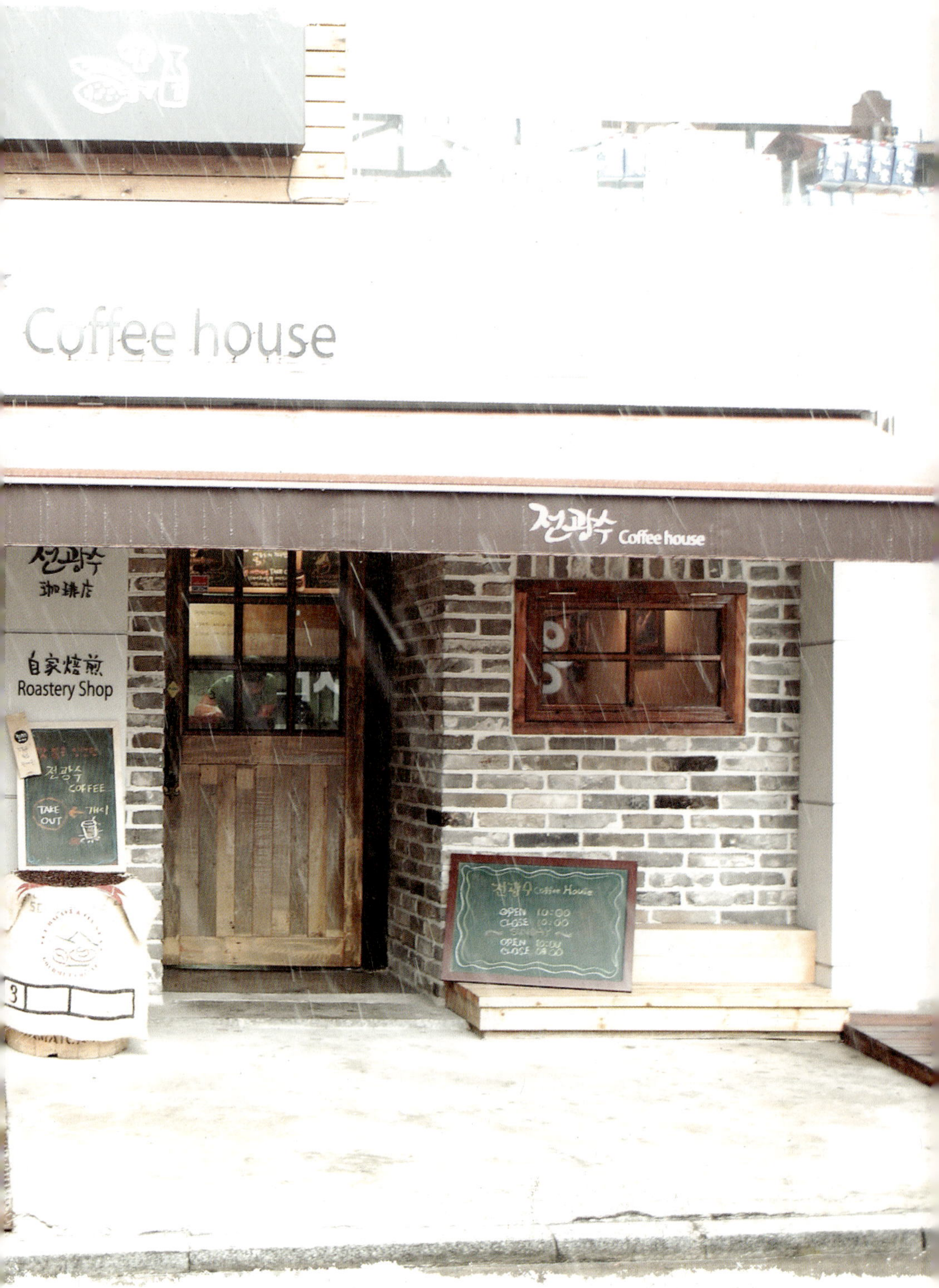
Coffee house
전광수 Coffee house
전광수
珈琲店
自家焙煎
Roastery Shop
전광수
COFFEE
TAKE OUT

전광수 선생은 구면이다. 물론 그는 날 모른다. 예전에 일산 〈아마레또〉 시절에 커피 한 잔을 얻어 마신 적이 있었다. 그의 모습은 그때와 변함이 없었다. 헤어스타일과 굵은 안경테, 자유로워 보이는 옷차림이 그대로였다. 변한 게 있다면 안경테의 제조회사 정도일까? 인사를 하고, 서먹한 시간이 얼마간 흘렀다.

커피는 속이지 않는다. 커피를 볶는 사람의 열정만큼 정확하게 반응을 한다. 불을 주고, 공기를 넣었다 빼기를 반복하며 볶다보면 커피는 자신이 가지고 있는 맛과 향으로 보답한다. 그래서 볶는 이의 능력과 커피에 쏟는 정성에 따라 그 맛과 향이 정확하게 다르게 나온다.

커피를 한 지 십 수 년이 지나는 동안 한국 커피 상황은 놀랄 정도로 변한 것 같다는 말로 서두를 열었다. 그는 일본이 아닌 미국에서, 그것도 미국인이 아닌 엘살바도르 사람에게 커피를 처음 배웠단다. 그의 엘살바도르 스승은 현재 샌프란시스코에서 작은 커피 회사를 경영하는데, 엘살바도르에 있는 커피 농장까지 직접 경영하는 분이란다. 그에게서 생두의 구별부터 로스팅과 블렌딩까지 전체적으로 사사했단다. 사정이 여의치 않아 한 번에 배우지 못하고 몇 번 오가며 배웠다. 그리고 미국은 도대체 어떻게 커피를 교육하는지 궁금해서 SCAA산하의 교육기관인 CTICoffee Training Institute에서 커피의 기초교육 과정을 이수했다. 그는 이런 과정을 거치면서 교육과 실제가 어떻게 돌아가는지를 익혔고, 그때의 경험들이 지금의 '전광수 커피'에 큰 도움이 되고 있다고 한다. 능력이 없는데도 하다 보니 여기까지 왔다며 겸양을 보였다.

그는 수년 동안 커피 교육에 열정을 보이고 있다. 이미 그의 가르침을 받은 사람이 100명을 넘어섰다. 그리고 그들이 한국뿐 아니라 캐나다와 호주 등지에 오픈한 카페가 약 50군데 정도 된다고 한다. 그런 결실들이 그에게 있어서 큰 기쁨이 아닐까 싶다. 박이추 선생과 시작한 커피 교육은 한국 커피가 가지고 있는 약점 가운데 특히 빈약하기 그지없는 로스팅 분야에 대한 지식과 데이터, 경험의 축적 등을 시작하도록 격려하였고, 어느 정도 성과도 있다고 한다. 그는 커피를 얼마나 오래 했는지 그 연수도 중요하지만 열정과 집중력이 더 중요하다는 말을 잊지 않았다.

'히말라야의 선물'로 이야기를 돌렸다. 〈아름다운가게〉와 함께 하는 공정무역 프로그램에 동참하게 된 계기를 물었다. 어느 날 그곳 직원 두 명이 찾아와 제의했고,

그는 수년 동안 커피 교육에 열정을 보이고 있다. 이미 그의 가르침을 받은 사람이 100명이 넘어섰다. 한국 뿐 아니라 캐나다와 호주 등을 비롯하여 약 50군데 정도 카페를 오픈하였는데, 그에게 있어서 큰 기쁨이 아닐까 싶다.

그가 선뜻 응했다고 한다. 그냥 자신이 가진 능력으로 뭔가 좋은 일을 할 수 있을 것 같아 한번 해보자는 단순한 생각이었다. 그렇게 그는 네팔의 커피 농가를 위해서 로스팅으로 봉사할 기회를 갖게 되었다. 혼자 할 수 없는 일이라 친구의 도움으로 큰 공장에서 일주일에 한 번 볶는다고 한다. 서서히 볶는 양이 늘어나는 것을 보니 자리를 잡아 가는 것 같다고 머쓱해한다. 다음 계획으로는 페루의 커피를 같은 방식으로 볶기로 했다. '안데스의 선물' 이라는 이름까지 지어놓았고, 나중에는 두 커피를 블렌딩한 제품도 출시할 예정이란다.

최근 커피에 쏟아지는 관심에 대해 그는 약간 염려스러운 면이 있다고 말한다. 빨리 끓는 물이 빨리 식는 법이니, 한 걸음씩 천천히 가는 것이 더 바람직하다고 한다. 커피를 가리는 것은 아니지만, 요즘 라떼가 인기를 끌고 있는 것이 못내 아쉽단다.

"그것은 단지 커피의 일부일 뿐이고, 분명한 건 커피의 진면목이 아니라는 것인데……"

"그것은 단지 커피의 일부일 뿐이고, 분명한 건 커피의 진면목이 아니라는 것인데……"
아마 라떼아트를 겨냥한 말인 것 같다. 커피를 가리는 것은 아니지만 요즘은 라떼가 인기를 끌고 있는 것이 못내 아쉽다.

아마 라떼아트를 겨냥한 말인 것 같다.

"바리스타 챔피언십도 중요하지만 커피하는 젊은 친구들을 더 크게 키워야 한다고 생각합니다. 그야말로 커피가 무엇인지 원산지로 보내 공부도 시키고, 종합적인 안목을 키워야 하지 않겠습니까?"

그 일환으로 한 사람씩 돌아가며 카페 직원들을 커피 원산지 여행에 동반토록 하고 있다. 올해 11월과 12월 사이에 엘살바도르와 과테말라, 그리고 온두라스 등 커피의 핫라인을 여행할 계획인데 여기에 직원 한 사람이 동참할 예정이다.

: 전광수 커피하우스 Coffee house #4

남산에 카페를 오픈한 것이 얼마 되지 않았는데 그 반응이 뜨겁다고 한다. 남산이

가지고 있는 매력이 카페 운영에 큰 도움이 된다고 한다. 하지만 그것만이 아닌 것

같다. 자신의 이름을 내걸고 있는 카페는 참 예쁘고 커피 맛도 안정되어 있다.

나를 처음 반겨준 청년은 카페 매니저인 주세영 씨다. 그는 눈발 날리는 날 카메라

가방을 들고 들어서는 날 발견하곤 "눈이 많이 오는데 사진을 찍으시네요"라며 인

사를 살갑게 건넸다. 그는 이미 여러 곳에서 커피를 했기 때문에 커피 내리는 실력

이 만만치 않다. 찬찬히 뜯어보니 유명인의 얼굴과 너무 닮았다. 커피를 주문하며 사진을 찍어도 되냐고 물었더니, "몬순은 거품이 예쁘지 않은데요"라며 응수한다. 직원 하나 똑부러지는 친구를 구한 것 같아 내심 안심도 되고 탐나기도 했다. 자신이 하는 일에 관해 정확한 정보와 지식을 가지고 있고, 더구나 배려하고 응대할 수 있는 기본적인 능력도 갖추고 있으니 얼마나 듬직하랴. 그래서 그런지 전광수 선생은 카페에 잘 내려오지 않는다. 하루에 한 번, 끝나는 시간에나 들른다고 한다. 나머지 시간에는 2층의 커피 아카데미에서 가르치는 일에 전념하고 있단다.

잠시 커피를 따라 여행하는 이 길이 참 행복하다는 생각이 들었
다. 커피가 친구가 되고, 스승이 되며 정직한 동반자가 되기까지
노력하는 사람들을 만나며 내 마음의 키도 한 자나 더 자라는 느
낌이 강해졌다.

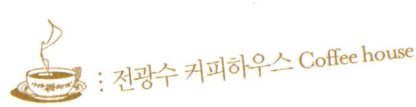 : 전광수 커피하우스 Coffee house #5

커피와 함께 주문한 더블 토스트는 맛과 향이 커피와 적절히 어울렸다. 조금 짠 맛
이 강한 인도네시안 몬순과 함께 더블 토스트를 먹었다. 밖에는 여전히 눈발이 날리
고 있었다. 한가한 거리와 대조적으로 카페 안에는 많은 사람들이 커피잔을 기울이
며 대화를 나누고 있었다.

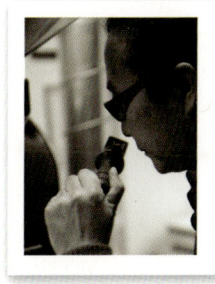

전 광 수 커 피 하 우 스 Coffee house … 전 광 수
〈아름다운가게〉를 통해 네팔과 페루의 커피를 로스팅으로 봉사하는 그는 후학양성에 열
정을 가지고 있다. 매년 가게 직원 한 명씩 돌아가며 커피 산지를 함께 여행한다. 그의
강직하면서 세심한 성격이 남산의 풍광과 잘 어울린다.

커피는 과연 무엇이냐고 묻자, "커피는 그저 커피일 뿐"이라며 커피의 정직함에 대
해 이야기를 풀어놓았다. 커피는 속이지 않는단다. 커피를 볶는 사람의 열정만큼 정
확하게 반응을 한다고 한다. 불을 주고, 공기를 넣었다 빼기를 반복하며 볶다보면
커피는 자신이 가지고 있는 맛과 향으로 보답을 한다고 한다. 그래서 볶는 이의 능
력과 커피에 쏟는 정성에 따라 그 맛과 향이 정확하게 다르게 나온다는 것이다.
아직도 눈이 내리고 있는 거리를 바라보며 다시 가방을 챙겼다. 잠시 커피를 따라
여행하는 이 길이 참 행복하다는 생각이 들었다. 커피가 친구가 되고, 스승이 되며
정직한 동반자가 되기까지 노력하는 사람들을 만나며 내 마음의 키도 한 자나 더 자
란 듯했다. 발걸음이 가볍다. 기분 좋은 눈이 내렸다. ◖

커피향에 스며든 문학의 진한 맛

휴고 HUGO

⋮

부산

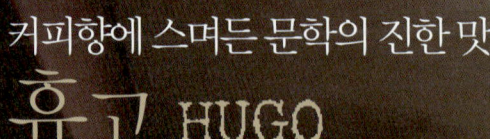

아파트 광고에 자주 등장하는 거짓말 하나가 있다. '지하철역에서 5분

거리'. 하지만 카페 〈휴고〉는 그 말이 진짜다. 지하철에서 올라와 입구

까지 정확히 다섯 발자국만 떼면 된다. '부산 지하철 동대신역 4번 출

구'까지만 오면 설명이 필요 없다. 바로 〈휴고〉로 들어갈 수 있을 정도

이다. 입구에는 아직 치우지 않은 은행잎들이 잔뜩 나뒹굴고 있었고,

〈휴고〉라는 이름과 절묘한 조화를 이뤘다.

카페 〈휴고〉는 찾기도 수월하고 입지도 꽤 괜찮아 보인다. 그렇다고 〈휴고〉가 단지 역세권에 있다고 해서 손님이 많이 찾는 것은 아니다. 〈휴고〉의 커피가 좋고, 그 좋은 커피에 매료된 사람들이 많기 때문이다.

직감적으로, 〈휴고〉가 빅토르 위고Victor Hugo, 1802~1885에서 따왔냐고 묻자 주인장은 고개를 끄덕였다. 문학과 커피가 잘 어울리는 것 같아 좋아하는 작가의 이름을 따서 가게를 열었다고 한다. 우리에게는 『레미제라블 Les miserables』이나 『노트르담의 꼽추 Notre - Dame de Paris』로 알려진 프랑스의 위대한 작가 빅토르 위고가 이제는 부산 대신동에서 맛난 커피를 내리고 있다.

부부가 운영하는 〈휴고〉는 다른 카페에 비해 작은 편이다. 하지만 효율적인 자리 배치로 커피를 즐기러 오는 손님은 거뜬히 소화해내고 있다.

남자 주인장은 커피도 볶고, 내리기도 하고, 에스프레소도 만든다. 여자 주인장은 홀에서 서빙도 하고, 커피도 내리며 함께 분주하게 움직인다. 가만 보니 남자 주인장은 호쾌하게 잘 생겼지만 수줍음을 잘 타고, 여자 주인장은 미인형에 붙임성이 좋다. 그야말로 천생배필이다. 일본에서 커피 관련 사업을 하는 친지 덕분에 자연스럽게 커피와 친해져서 시작한 일이 이제는 그들의 천직처럼 되어버렸다. 이제는 부산에서 드립하는 몇 안 되는 명소로 알려져 있어서 자의든 타의든 쉽게 치워버릴 수도 없다.

우리에게는 『레미제라블』이나 『노트르담의 꼽추』로 알려진 프랑스의 위대한 작가 빅토르 위고가 이제는 부산 대신동에서 커피를 내리고 있다.

휴고 HUGO … 김 호 영
찰떡궁합이라고 할까. 부부가 빚어내는 커피에는 단순한 커피 맛뿐만이 아니라 그들의 애정이 담겨져 있다. 커피를 내리고, 손님을 맞이하고, 배웅하는 일련의 과정들이 모두 친숙한 가족처럼 정을 묻어두고 있다.

어떤 이는 〈휴고〉의 조명이 너무 어둡다고 평한다. 물론 어둡다. 하지만 너무 밝게 하기에는 공간이 그리 크지 않아 차라리 아늑한 것이 낫다. 약간 어두운 조명과 유리창을 통해 들어오는 작은 양의 빛은 〈휴고〉 안에 있는 의자들이며 테이블들에 아주 조금씩 빛을 주는데, 오래되고 고급스러워 보이는 의자에는 이런 빛들이 제격이다.

사진을 찍으려고 이리저리 오가는 동안 내려준 커피는 사람들의 오감을 자극하기에 충분했다. 커피 맛에 대한 소문은 이미 주변에 퍼져 있었다. 그런데 커피를 다 마시고 난 뒤에 나온 특별 음료는 다름 아닌 겨울의 별미, 단팥죽이었다. '드립 전문점에서 유자차까지 파는 건 봤어도, 단팥죽이라니……' 그러나 가장 먼저 죽 그릇을 비운 건 나였다. 커피란 녀석이 가지고 있는 쓴맛과 단팥죽이 가지고 있는 단맛이 묘한 대비를 이루며 일체감 같은 것이 느껴졌다. 주인장의 손맛이 영글어 있는 것 같아 포만감과 함께 마음까지 흡족해졌다.

커피를 다 마시고 난 뒤에 나온 특별 음료는 다름 아닌 겨울의 별미, 단팥죽이었다. 커피의 쓴맛과 단팥죽의 단맛이 묘한 대비를 이루었다.

주변을 둘러보니 의외로 나이가 지긋한 분들이 더러 있었다. 원두를 좋아하시는 어르신들이 자주 찾으시는데, 맛이 좋다고 소문이 난데다가 여자 주인장의 싹싹함도 한몫하고 있는 것 같다. 금새 홀을 채운 손님들 사이를 분주히 오가는 안주인장과 안쪽에서 커피를 내리는 바깥주인장의 행복한 손놀림이 은근히 잘 어울린다.

〈휴고〉에는 사람들의 호기심을 자극하는 것이 하나 있다. 지하로 내려가는 계단. 홀 중앙에 지하로 내려가는 목재 계단이 있다. 몇 번 기웃거리다가 궁금증을 참지 못하고 급기야 물어보았다.

"저기엔 뭐가 있죠? 저기도 커피 마시는 공간이 있나요?"

주인장이 의미를 알아채고 앞장섰다. 두근거리는 마음으로 미지의 지하 공간으로 내려갔다. 역시…… 그곳에는 커피 볶는 기계가 떡하니 버티고 있었고, 교육장으로 이용할 수 있도록 의자와 테이블이 마련되어 있었다. 작은 테이블 위에는 분해되어 있는—혹은 조립 중인—에스프레소 기계가 속을 다 내보이고 있었다. 그리고 한쪽으로는 아주 예쁜 커피 액자들이 벽면을 가득 채우고 있었다. 〈휴고〉 커피의 알맹이에 들어온 기분이었다. 누군가에게 다락방이 멋진 추억의 공간인 것처럼 〈휴고〉는 지하에 그런 매력적인 공간을 간직하고 있다. 지나가는 소리로 머지않아 지하도 손님을 위한 공간으로 만들려고 한단다.

두근거리는 마음으로 미지의 지하 공간으로 내려갔다. 역시…… 그곳에는 커피 볶는 기계가 떡하니 버티고 있었고, 교육장으로 이용할 수 있도록 의자와 테이블이 마련되어 있었다.

〈휴고〉 커피의 알맹이에 들어온 기분이었다. 누군가에게 다락방이 멋진 추억의 공간인 것처럼 〈휴고〉는 지하에 그런 매력적인 공간을 간직하고 있다.

 : 휴고 HUGO #4

〈휴고〉가 문을 연지는 그리 오래되지 않았다. 2001년이니 이제 7년차다. 그동안 나름 변화를 거듭하면서 부산의 대표 카페로 발돋움해왔다. 게다가 중요한 것은 더 나은 커피를 위해 두 주인장이 끊임없이 노력하고 있다는 사실이다. 말없이 커피를 내리고, 조용한 웃음으로 손님을 맞으며, 누군가의 필요를 채우기 위해 오가는 두 사람의 발걸음이 그렇게 안정돼 보일 수가 없었다.

피치 못하게 먼저 일어나는 나를 위해 밖에까지 나와 택시를 잡아주며 배웅하는 그들의 마음이 고향 동네 지인 같아서 기분이 배나 상승했다. 커피 때문에 새로운 인연을 열어 간다. ⓪

 Coffee · Diary

Trend,

커피의 오늘을 말하다

촌 동네에서 쓰디쓴 원두커피 팔아먹기
커피가게
:

상주

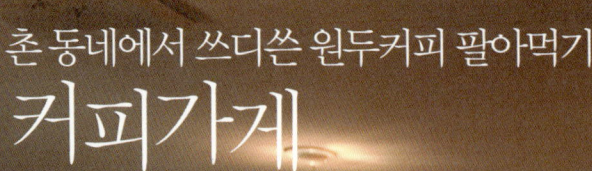

상주 〈커피가게〉는 평일 낮 2시에 문을 열고, 밤 12시에 닫는다. 주말

오픈 시간은 1시. 참 느즈막이 문을 열고 있는 것 같다. 주인장은 그 이

유를 '놀기 위해서' 라고 말한다. 지금 자리에 터를 잡고 6년 동안 커피

를 팔기 전에는 소주골목에서 500m 정도 떨어진 곳에서 5년가량 커피

집을 했었다. 그러니 벌써 10년 이상이나 커피를 판셈이다. 카페에 들

어가기 전 항상 '자리가 없어 돌아가시는 분들께 죄송하다' 는 문구를

먼저 만나야 한다.

문을 늦게 열고, 때론 자기 마음대로 불쑥 문을 닫기도 하는 〈커피가게〉의 주인장은 자신을 위한 시간이 필요하다고 말한다. 음악을 좋아하는 그는 밴드도 해야 하고 잡다한 일에도 관여해야 하기 때문에 들쭉날쭉할 수밖에 없다고…… 대신 멀리서 찾아오는 사람들이 많은 까닭에 그들이 적어준 연락처로 일일이 문자를 보내 가게가 쉼을 알린다. 〈커피가게〉를 올라가는 계단에는 '자리가 없어 돌아가시는 분들께 죄송하다'는 문구가 씌어 있다.

그가 커피를 하게 된 계기가 재미있다. 초등학교 5학년 때, 할아버지가 뭔가를 타주셨는데 먹어보니 깜짝 놀랄 만큼 달고 맛있었다. 나중에 물어보니 그게 바로 커피라는 것이었다. 그러나 아홉 가구만 사는 작은 시골 마을에 커피가 있을 리 만무했다. 마침 아랫마을에 과부아줌마가 하는 구멍가게에서 커피를 팔고 있었다. 남들은 고무신 팔아 엿 바꿔 먹을 나이에 그는 집에 있는 농작물을 가져다주고 커피를 가져오곤 했다.

또 다른 에피소드는 군대에 있을 때 이야기다. 그는 철원에서 군생활을 했다. 군종병(宗教兵)들은 보초를 안 서는 대신 초병에게 커피를 나눠주는 역할을 했다. 그는 커피를 너무 좋아한 나머지 군종병이 아닌데도 초병에게 커피를 나눠주는 일에 자원하였다. 물론 자기도 마실 요량이었다. 동료 병사들이 그를 '김마담'으로 부른 것은 당연한 결과였다.

자리가 없으면 손님들은 커피 자루에도 앉고 피아노 의자에도 앉고, 심지
어 주방 안으로까지 들어온다. 그러니까 거의 모두가 단골인 셈이다.

〈커피가게〉의 커피 맛은 아주 연하다. 연한 커피를 주문하면, 그는
아름다운 하트 모양의 라떼뿐만 아니라 근사한 그림도 그려낸다.

 : 커피가게 #2

자리가 없으면 손님들은 커피 자루에도 앉고, 피아노 의자에도 앉고, 심지어 주방
안으로까지 들어온다. 그러니까 거의 모두가 단골인 셈이다. 대부분 주방 안까지 손
님들이 들어오면 불편한데 전혀 불편함을 못 느낄 만큼 가까운 사람들이 많다. 최근
자리가 없어 돌아가는 사람들을 위해 3층에 자리를 마련해 두었다.

아홉 가구만 사는 작은 시골 마을에 커피가 있을 리 만무했다. 마침 아랫마을에 과부아줌마가 하는 구멍가게에서 커피를 팔고 있었다. 남들은 고무신 팔아 엿 바꿔 먹을 나이에 그는 집에 있는 농작물을 가져다주고 커피를 가져오곤 했다.

〈커피가게〉를 시작하기 전에 어떤 느낌의 가게를 생각했느냐고 물었다. 그랬더니 그는 그런 거 없고, 그냥 커피 기구들을 좋아하고, 음악 좋아하고, 그림을 좋아하니까 그런 것들을 갖다놓고 붙여놓고 한 것이라고 덤덤하게 말했다. 사실 이게 그의 모습이다. 그의 가게에는 셀 수 없이 많은 물건들이 입이 떡 벌어질 만큼 즐비하게 놓여 있다. 수많은 커피 그라인더가 손님을 반기고, 각종 스피커와 음향 기기들이 귀를 즐겁게 해주고, 군데군데 사진과 그림들이 적당한 거리를 두고 눈을 심심하지 않게 해준다. 그런데 그것들 대부분은 손님들이 선물한 것들이다. 물건마다 그 물건을 준 사람과 그들에 관한 이야기와 역사가 담겨 있다.

사람들의 마음은 그렇게 금방 열리지 않는다. 사람의 마음을 열기 위해선 진심으로 대하는 것만이 답이다.

 : 커피가게 #3

그 동네 손님들은 무조건 연한 걸로 달라고 한다. 그래서 〈커피가게〉의 커피 맛은 아주 연하다. 진한 커피를 즐기는 사람들은 미리 진하게 내려 달라고 주문해야 한다. 연한 커피를 주문하면, 그는 아름다운 하트 모양의 라떼뿐만 아니라 커피 위에 근사한 그림들도 그려낸다. 그래서 누군가를 데려와서 예전에 마셨던 '그림을 그린 그 커피'를 마시고 싶다고 말하는 사람이 많다.

여기저기 놓여 있는 〈커피가게〉만의 각종 스티커도 그가 그린 그림들이다. 그가 만들고 그려서 연출한 공간과 그의 손길이 깊이 배어 있는 커피는 역사가 되고 있

다. 그런 그의 가게에서 손님들은 자신만의 역사를 만들며 편하게 안식한다.

혹시 힘들었던 기억이 있는지 물었다.

"특별히 보여줄 것도 없는데 찾아오는 사람에게 과연 제대로 하고 있는 것인지,

그만한 가치가 있는 것인지 거짓말쟁이 같기도 하고 죄책감이 들 때가 있습니다.

그럴 때가 제일 힘듭니다."

그는 이만큼 겸손한 사람이다.

그의 가게에는 셀 수 없이 많은 물건들이 입이 떡 벌어질 만큼 즐비하게 놓여 있다. 수많은 커피 그라인더가 손님을 반기고, 각종 스피커와 음향 기기들이 귀를 즐겁게 해주고, 군데군데 사진과 그림들이 적당한 거리를 두고 눈을 심심하지 않게 해준다.

어떻게 하면 장사를 잘 할 수 있는지 물었더니, 그는 좀 손해 보듯 카페를 꾸리라고 말한다. 그게 다시 다 돌아오는 것이므로. 사람들의 마음이란 그렇게 금방 열리지 않는 까닭에 너무 급하게 생각하지 말아야 한단다. 사람의 마음을 열기 위해선 진심으로 대하는 것만이 답이란다.

모두가 다 단골인데 뭔가를 더 주거나, 혹은 가격을 조금이라도 깎아 주고 싶은 마음이 없느냐고 물었다. 그랬더니 의외의 대답이 날아왔다.

"그건 공평하지 못해서 좋지 않다. 의도는 좋을지 몰라도, 누군 입이고 누군 아니냐며 왜곡된 결과가 결국 주인을 힘들게 만든다."

다른 사람들이 안보는 데서 잘해주는 것이 좋지, 값을 깎아 주는 것은 결국 상대방으로 하여금 계속 그런 것을 기대하게 하거나 부담스럽게 만들 수 있기 때문에 오히려 마음으로 잘해주는 게 제일 좋은 방법이라고 말한다.

커 피 가 게 … 김 민 우
호시탐탐 '놀기 위해서' 기회를 엿보고 있는 그는 커피를 하게 된 계기가 참 재미있다. 어느 날 할아버지가 타준 커피에 홀딱 빠져버렸고, 지금은 커피를 내리고 있다. 조금 손해 보듯 커피를 내려놓는 그의 손에 진한 땀이 배어 있다.

낡은 유행가 들으며 커피 한 잔……

커피한잔

계동 근처

계동 현대 사옥 옆으로 난 골목을 길게 따라 한참 들어가면 오른쪽
으로 목욕탕 굴뚝이 보이고, 그 앞에 《커피한잔》이 자리하고 있다.
요즘의 기준으로 볼 때 카페라 하기엔 초라하기 그지없지만 거기
엔 작지만 추억이 있고, 향수가 짙게 서려 있다. 카페 안으로 들어
서는 한쪽 기둥엔 가게 이름의 유래를 친절하게 안내라도 하듯,
'커피 한 잔'의 가사가 씌어 있다.

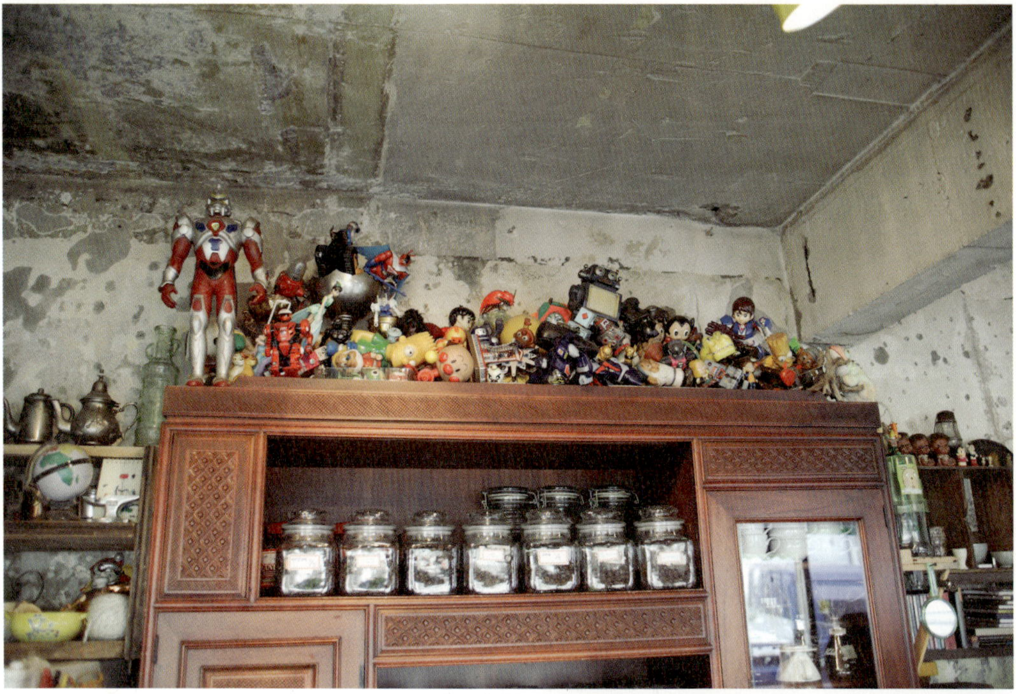

촌스러운 푸른색으로 만들어진 간판과 내부의 인테리어는 참 착하게들 생겨먹었다. 어디에서 주워왔는지, 어느 골목에서 싼 값에 사왔는지 정확하게 알고 있는 주인장에게는 가게 안에 있는 모든 것들이 무엇과도 바꿀 수 없는 소중한 친구 같아 보였다. 아무렇게나 달려 있는 것 같은 천장의 비행기며, 바 뒤편의 찬장 위에 수북이 쌓여 있는 로봇 친구들의 바랜 색들이 가게 주인과 무척 닮았다. 그 정감이며, 사람 좋아하는 그의 내면이 카페에 고스란히 드러나 있다.

삶을 비틀고, 예술을 비틀고, 커피와 카페를 비틀 수 있는 그만의 능력. 누가 그랬지, 예술은 놀이라고. 주인장은 〈커피한잔〉 안에다가 자신이 가지고 있는 능란한 장난을 펼쳐 놓은 것이다.

좁디좁은 가게 안에는 나름대로 바도 있고, 로스팅 공간도 있고, 탁구대를 잘라 만든 테이블도 여럿 있으며, 누군가 쓰다가 버린 고운 붉은색 자개상을 개조한 테이블까지 꽉 들어차 있다. 하지만 좁다는 느낌보다는 마치 어린 시절 아지트 같은 생각이 먼저 든다. 아니 시골 다방이라고 하는 것이 더 맞을성 싶다. 아니면 커피 원산지 어느 나라의 작은 길거리에 붙박혀 있는 카페라고나 할까? 그렇게 〈커피한잔〉은 너무나 친근한 기억의 불씨들을 되살려 낸다.

〈커피한잔〉의 모든 것이 장난 같았다. 아니 장난을 친 것이 분명하다. 하긴 주인장
이 그려주는 명함도 장난이다. 하지만 그는 이런 장난을 좋아하고, 이것이야말로 그
의 개인기이다. 삶을 비틀고, 예술을 비틀고, 커피와 카페를 비틀 수 있는 그만의 능
력. 누가 그랬지, 예술은 놀이라고. 주인장은 〈커피한잔〉 안에다가 자신이 가지고
있는 능란한 장난을 펼쳐 놓은 것이다. 그래서 사람들은 이곳을 좋아한다.

커피도 좋지만 사람 좋아하는 주인장이 더 좋고, 그가 만들어 놓은 질서 없는 카페
안에서 기울어 가는 햇살을 조우하는 것도 좋다. 사실 이곳의 분위기는 7080인데,
드나드는 이들을 살펴보면 분위기 좋은 곳을 골라 다닐 법한 사람들이 대부분이다.
조금 나이가 들어 보이는 사람들조차 이곳이 어떤 곳인지 대략 알고 있는 눈치다.

〈학림다방〉에서 강탈하다시피 한 작은 로스터는 마치 〈트랜스포머〉에 나오는 로봇
같다. 요즘은 구하기조차 쉽지 않은 로스터와 친해지느라 7~8개월 동안 씨름을 했
단다. 커피콩이 잘 볶이지 않을 땐 그날 볶은 커피를 모두 쓰레기통에 처박고 다시
그 짓을 반복하다보니 로스터가 마음을 열더라나? 암튼 〈커피한잔〉에 있는 로스터
는 이곳이 아니면 안 될 것 같이 정말 '딱'이다.

커 피 한 잔 … 이 형 춘
사람이 싫어 물고기와 헤엄치다 다시 사람이 그리워 사람을 찾아 나선 그. 사람과 소통
하는 방법으로 커피를 선택한 그는 자신의 가게보다 다른 카페에 앉아 있는 경우가 종종
있다. 어떤 식으로든 비틀고, 장난치기를 좋아하는 그의 카페를 찾으면 항상 유쾌해진다.

어느 한가한 초겨울에 〈커피스트〉에서 우연히 그를 본 적이 있다. 〈커피한잔〉이라는 버젓한 자신의 가게가 있음에도, 이 양반은 남의 커피집에서 커피를 마시며 여유를 작†하고 있었다. 말쑥한 모습으로 앉아 있는 모습이 지난 번 〈커피한잔〉에서 봤던 얼굴과는 아주 대조적이었다. 자신의 커피 집에서는 이렇게 여유가 있는데, 심지어 빗질도 제대로 안한 푸석한 얼굴로……

"허, 안광이 나는 듯하네."

의식적인 겉치레의 인사말을 몇 마디 나누고 그의 고해를 듣는다. 그는 커피며, 인생이며 지난 했던 과거를 고해하듯 풀어냈다. 줄줄이 읊어대는 커피 인연들…… 자신은 이제 고작 가게를 연지 몇 개월 밖에 안 되었다며 엄살을 피우지만 그의 내면에는 내공이 숨어 있다. 그가 문을 연 카페는 불과 수개월밖에 안 되었지만 그의 심장에 있는 커피는 이미 오랫동안 숙성된 듯 얼핏얼핏 그 기운이 엿보였다.

그는 '사람'에 관해 말했다. 지지리도 사람이 싫어 서울을 떠나 시골로 향하고 싶었던 그의 젊은 날의 편린들을 이야기했다. 하지만 그는 '결국 사람이더라'고 말하였다. 그에게 있어서 가장 중요한 것은 사람이라고, 그래서 그 사람들과 소통하는 것이 가장 행복한 일이고, 이렇게 도심 한 가운데서 가게를 하는 것이 가장 행복한 일로 여기고 있다. 과거 사람이 싫었던 시절에 그의 머릿속에는 온통 물고기만 헤엄치고 다녔다. 그는 낚시 광이었다. 틈만 나면 좌대를 펼쳐놓아야 직성이 풀리고, 모든 생각과 시선은 찌를 향하고 있었다나? 그런 그가 이제는 사람의 마음을 낚고 싶은 모양이다. 그래서 그는 떠난 적은 없지만, 도시로 다시 돌아온 것이다. 그리고 그 사람들과 더불어 하기 위하여 〈커피한잔〉을 열었다.

그에게는 또 하나의 전력이 있다. 대학로나 홍대쯤에 직접 인테리어를 해준 가게가 열손가락을 넘어가고, 자신이 직접 운영했던 곳도 있다. 그는 물고기만 잡는 태공이 아니라 사람들을 이해하는 폭이 있는 심연을 가지고 있었다. 그래서 그의 눈은 마주치기 부담스러울 정도로 깊다. 요즘은 슬슬 나무를 만지며 가구를 구상

한다. 침대며 기타 생활 속에서 소용할 만한 가구를 만들고 싶단다. 거기에다가 흙을 만지며 그릇도 빚는 꿈을 꾸고 있다. 가만 보니 욕심이 보통이 아니다. 어처구니없게 동질감이 느껴졌다.

그는 커피 리필 값을 천 원씩 꼭 챙겨 받는다. 어떤 사람들은 "다른 가게에서는 안 받는데……" 하며 항의 아닌 항의를 하지만 그는 아랑곳하지 않는다. 대신 자신의 '마음' 이야기를 한다. 천 원은 첫잔과 똑같은 마음을 주는 대가라고……

 : 커피한잔 #4

아참, 그는 커피 리필 값을 천 원씩 꼭 챙겨 받는다. 어떤 사람들은 "다른 가게에서
는 안 받는데……" 하며 항의 아닌 항의를 한다. 하지만 그는 아랑곳하지 않는다.
대신 자신의 '마음' 이야기를 한다. 천 원은 첫잔과 똑같은 마음을 주는 대가라
고…… 보통 커피집에서 리필을 요구하면 '얼추' 유사한 커피가 나온다고 한다. 주
인이나 손님이나 리필의 가치를 그 정도 밖에 생각하지 않기 때문에 그 정도의 커피
를 내주고, 그 정도의 커피를 받아 마신다는 말이다. 그래서 그는 아예 돈 받고, 정
성스러운 '마음'으로 커피를 다시 내려준다. 그에게 리필은 첫잔과 똑같다. 그가
자주 말하는 '단종커피'—스트레이트 커피를 그는 이렇게 불렀다—를 동일하게
내려주는 것이다. 듣고 보니, 그의 마음이 담긴 커피 한 잔 값 치고는 천 원이 싸다
는 느낌이 든다.

내 마음대로 카페

커피 볶는 곰다방

⋮

홍대

홍대 정문 앞에서 아트박스 골목길로 접어들어 조금 들어가면 낯선 행

복이 기다리고 있다. 심상치 않은 현관의 작은 가게, 그리고 정감 있는

내부가 은근히 반긴다. 아침 9시에서 10시 사이에 커피를 볶고, 12시가

되어서야 문을 연다. 그리고 딱 12시간 동안만 〈곰다방〉에 곰 닮은 주

인이 커피를 내려준다.

184

어색한 눈인사를 하고, 몇 개 없는 테이블 가운데 하나를 골라 자리를 잡았다. 선택의 폭이 전혀 없다. 카페 어느 곳에 있든 주인장의 눈길을 피할 수 없다. 마주보고 앉든, 옆 모습을 보고 앉든 그의 사정거리 안에 앉아야 한다.

만델링을 시켰더니, 볶아 놓은 게 없다고 한다. 볶은 것 가운데 아무거나 달라고 하고 주변을 돌아봤다. 다짜고짜 왜 카페 이름을 촌스럽게 '곰다방'이라고 지었는지 물었더니 'Cafe'는 커피가 주인 노릇을 하는데, 사람이 주인이 되는 '다방'이었으면 싶어서 그랬단다. 그래서 〈곰다방〉이라는 이름으로 만들었다고 한다. 어쩌면 주인장의 별명이 '곰'인지도 모른다. 그의 얼굴을 본 사람이라면 분명 나처럼 생각할 것이다. 거기다가 입구에 걸려 있는 그림 속에서 고흐에게 기댄 곰 같은 남자가 누구인가? 분명 주인장의 자화상인 것 같다.

그렇다고 커피가 형편없냐면 그것도 아니다. 적당한 바디감과 주인장 닮은 묵직한 맛이 목젓을 타고 내린다. 대신 〈곰다방〉에서는 에스프레소나 그 배리에이션을 하지 않는다. 그 이유는 의외로 단순하다. 주인장이 에스프레소를 마시지 않기 때문이다. 대신 드립커피를 판다. 다방에서 웬 드립커피…… 그래도 다방의 명맥을 유지하는 메뉴가 돋보인다. '유자차', 〈곰다방〉을 방문한 날의 '오늘의 커피'였다. 참 엇갈리는 발상과 현실이지만 곰다방에서는 그런 것들이 다 용납된다. 그게 〈곰다방〉의 매력이다.

커 피 볶 는 곰 다 방 … 박 준 호
홍대 문화의 중심에 뚝심같이 버티며 있어야 할 건 다 있고, 없을 건 없는 곰다방. '곰'이라는 글자에 카페와 그의 얼굴이 오버랩 된다. 그동안 그가 방황한 흔적들이 고스란히 카페에 제멋대로 널브러져 있다.

〈곰다방〉에는 없는 게 몇 가지 있다. 가게에 전화가 없고, 그 흔한 홈페이지도 없고, 따로 약도도 그려 놓은 게 없다. 동네 다방에 웬 홈피냐고 도리어 반문한다.

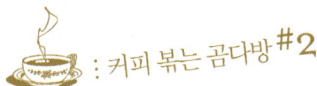 : 커피 볶는 곰다방#2

주인장의 한마디가 마음에 남아 있다. "내가 하고 싶은 가게를 하고 싶다." 그래서 그런지 없는 게 몇 가지 있다. 가게에 전화가 없고(받기 귀찮아서), 그 흔한 홈페이지도 없고, 따로 약도도 그려 놓은 게 없다. 그는 동네 다방에 웬 홈피냐고 도리어 반문한다. 이곳에 가기 위해서는 발품을 팔거나, 미리 다녀온 사람들에게서 적당한 정보를 얻어야 한다. 그래도 장사를 시작한 지 얼마 되지 않았는데— 2007년 3월 민방위 훈련하는 날— 이미 저인구에 회자중이다.

그렇다고 완전 나사 빠진 다방은 아니다. 음악이 살아 있고, 사람들이 있고, 그 속에서 사람들이 만나고 있다. 특히 그는 음악에 꽤 신경을 쓴다. 대부분의 커피집들은 컴필레이션compilation 음반 하나 걸어놓고 종일 틀어주는 것이 보통이다. 하지만 그는 마음에 닿는 음악을 골라 손님들의 가슴에 안겨주길 원한다. 당연히 구운 시디 등은 틀지 않는다. 원음반만 고집한다. 박정은과 에어 서플라이가 위아래 있고, 변진섭과 시인과촌장도 있다. 이름없는 가수의 재즈도 틀고, 어느 땐 구닥다리 클래식 전집 가운데 한 곡을 틀기도 한다. 그래서 그런지 〈곰다방〉에는 특별히 음악을 좋아하는 이들의 발길이 끊기질 않는다. 동네 직장인들은 물론이고, 출판 관련 일을 하는 사람들, 미술이나 사진, 영화와 음악 관련 일을 하는 사람들이 많이 찾는다는데, 몰랑몰랑한 대학생들도 가끔씩 쌍을 이루어 이곳을 찾는다.

술집을 멋지게 하고 싶어서 술집에서 일하다가 강릉 〈보헤미안〉엘 찾아갔다. 음악이 그를 무장 해제시켰고, 음악장사를 하고 싶도록 만들었다. 출판일도 해봤다. 전보다는 덜 지루했지만 그 일도 그의 자유본능을 막지는 못했다. 그래서 그는 계속 공부하고, 공부하였다. 커피의 바다에 빠질 날을 기다리면서.

: 커피 볶는 곰다방 #3

한쪽 벽—주인장이 커피를 내리는 반대 벽, 이것이 유일한 벽이지만—에는 피카소의 게르니카Guernica가 그려져 있다. 누가 그렸는지는 모르지만 의미가 있어 보인다. 넓지 않은 카페가 이 녀석 때문에 간신히 넓어 보인다. 피카소의 게르니카 옆에 앉아서 커피를 마시는 기분은 참 묘하면서도 좋다. 낙서한다고 해도 말리지 않을 정도로 친근감이 있다. 이 그림과 스피커를 통해 흘러나오는 여가수의 흐느적거리는 베사메무쵸가 절묘하게 조화를 이룬다.

그러고 보니 그가 신경을 안 쓰는 것처럼 보일 뿐, 그는 모든 것에 신경 쓰고 있는 게다. 없어야 할 것들에 신경 쓰고, 있어야 할 것들에 심혈을 기울이는, 그게 바로

188

없어야 할 것들에 신경 쓰고, 있어야 할 것들에 심혈을 기울이는,
그게 바로 〈곰다방〉이다.

〈곰다방〉이다. 욕심도 있고, 하고 싶은 것도 많다보니 배우는 것도 많고 인생 공부
도 많이 했다. 요즘은 물리학을 공부한다는데, 다방 주인이 너무 심한 게 아닌가
싶다. 다시 방문해서 똑같이 물었더니 새해에는 일본어 공부를 해야겠단다.
술집을 멋지게 하고 싶어서 술집에서 일하다가 '돈은 되겠지만 몸과 마음이 지치
고……' 그러다가 강릉 〈보헤미안〉엘 찾아갔다. 음악이 그를 무장 해제시켰고,
음악장사를 하고 싶도록 만들었다. 출판일도 해봤단다. 전보다는 덜 지루했지만
그 일도 그의 자유본능을 막지는 못했다. 그래서 그는 계속 공부하고, 공부하였
다. 커피의 바다에 빠질 날을 기다리면서.

역시 그에게 있어서 진짜 주인공들은
그의 가슴을 오가는 사람들이었나 보다.

동네 구멍가게 같은 카페를 더욱 친근하게 만드는 것은 카페 전역에서 흡연이 가능
하다는 것이다. 물론 나는 비흡연자이다. 하지만 카페에서 커피를 마시며 흡연하는
것을 말리고 싶지 않다. 누가 써 붙여 놓은 건지 냉장고에는 큼직하게 흡연을 예찬
하는 글, 혹은 금연 못해서 미안하다는 의미의 글이 아무렇게나 붙어 있다. 이런 것
이 모두 다 자연스럽게 보인다. 하나도 어색하지 않고.

8평 남짓한 〈곰다방〉의 꿈은 매우 소박하다. 그저 동네 커피 집으로 잘 되었으면 좋
겠다고 한다. 주인장의 형님은 더욱 기똥찬 이야기를 한다. 〈스타박스〉라는 이름의
작은 커피트럭을 만들어 돌아다니자고 제안한단다. 생각이 거의 필자 수준이다. 커
피 집을 하면서 가장 좋은 것은 사람들, 특히 좋은 사람들을 만나서 좋고, 그 사람들
끼리 엮어지는 모습도 보기 좋다고 한다. 역시 그에게 있어서 진짜 주인공들은 그의
가슴을 오가는 사람들이었나 보다. 그래서 그런지 그는 다음에 다녀가야 할 카페에
내 대신 전화를 넣어주었다. 근처에 있는 카페에 전화를 걸어, "가도 되느냐?" 묻
고, "어떤 낯선 사람이 가더라도 반겨주라"고 부탁하고 있다. 사람 좋아하는 그의
내면이 친근하게 다가온다. 그는 참 친절하다. 🫘

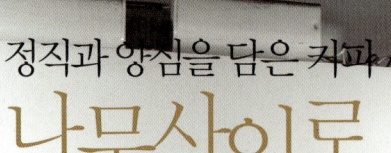

정직과 양심을 담은 커피,

나무사이로

⋮

내수동

정확한 주소는 내수동이고, 정보를 검색해보니 광화문 근처라고 나오

고, 둥지를 튼 자리는 〈경희궁의 아침〉이라고 하는 주상복합건물이다.

그냥 서울경찰청 앞이라고 하면 더 쉬울까? 모든 손님들이 자신을 좋아

하는 사람이라고 생각하면서 내리는 커피의 유혹이 도심 속에서 진한

향을 피워내고 있다.

사이로

OFFEE AND TEA CAFE

〈나무사이로〉는 특이한 구조를 가지고 있다. 복도를 사이에 두고 양쪽으로 카페를 열었다. 그러니까 카페가 양쪽으로 나뉘어 있다는 것이다. 아니면 반대로도 이해할 수 있다. 카페 가운데로 복도가 지나가고 있다고나 할까?

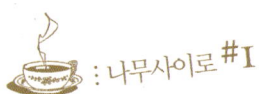 : 나무사이로 #1

자주는 아니지만 그래도 가끔 들러서 커피 한 잔씩 홀짝이던 카페다. 나야 커피를 좋아하지만 커피를 즐기지 않은 동료들이 있어서 차와 커피를 함께 마실 수 있는 공간을 찾다가 흘러든 공간이었다. 주인장과 이야기하다보니 카페가 이곳으로 이사 오면서부터 들렀던 것 같다. 내가 말이다.

늙어서 그런 것은 아니지만 〈나무사이로〉라고 하는 카페 이름을 자꾸 '나뭇잎 사이로' 라고 기억하고 있었다. 사진을 찍고 이야기를 나누다 보니 그제야 정확한 이름을 떠올리게 됐다.

서울대입구 쪽에서 5년 전에 시작한 카페를 이곳 광화문으로 옮기며 여러 가지 어려움도 있었지만 이제는 자리를 잡았고, 다른 곳에서도 같은 이름으로 영업 중이다. 가본 사람들은 알겠지만 광화문의 〈나무사이로〉는 특이한 구조를 가지고 있다. 상가를 얻어서 시작하다보니 붙어 있는 공간을 임대할 수 없어서 복도를 사이에 두고 양쪽으로 카페를 열었다. 그러니까 카페가 양쪽으로 나뉘어 있다는 것이다. 아니면 반대로도 이해할 수 있다. 카페 가운데로 복도가 지나가고 있다고나 할까? 이건 장점이 될 수도 있고, 단점이 될 수도 있다. 공간이 완전히 분리되어 있어서 주인장의 눈치 안보고도 오랫동안 버티는 사람들에게는 장점이겠지만 리필을 부탁하든지, 아니면 다른 것을 주문하고 싶은 사람들에게는 간절한 손 흔듦이 필요하다. 그래서 점원들과 주인장이 양쪽을 번갈아 오간다.

주방과 붙어 있는 카페에는 테이블이 3개 있다. 작은 의자가 있어서 간신히 몇몇 더 끼여 앉을 수는 있지만 여럿이 온다면 차라리 건넌방을 이용하는 것이 좋다. 복도 건너에 있는 또 다른 공간 말이다. 건넌방은 크기도 크고 좌석도 많다. 오랫동안 주인장의 눈을 피해 계속 있고 싶은 사람들에게는 건넌방을 추천한다. 하지만 약간의 소음을 감안해야 한다.

나는 주인장에게 어떤 마음으로 커피를 내리냐고 물었다.

"정직과 양심을 담아서……"

그리고

"커피를 기다리는 손님이 나를 좋아하는 사람이라고 생각하면서……"

수줍은 대답에 나는 움찔했다.

쉽지 않지만 그래도 한 잔 한 잔에 최선을 다하고, 잘 대접해서 손님이 꼭 기억하고 다시 올 수 있도록 노력한단다. 손님이 많아지고 있어서 그런 질적인 수준을 유지하는 것이 쉽지 않지만 그래도 노력 중이라고 한다.

차茶는 예나 지금이나 최상급을 쓴다. 차나무에서 먹을 만큼만 이파리를
따서 덖어 온다고 한다. 물론 직접 재배할 수 없는 다른 차들은 시중에서
제일 좋다고 평가된 것을 사용한다.

: 나무사이로 #3

〈나무사이로〉는 커피만이 아니라 맛난 차를 파는 곳으로도 알려져 있다. 진짜 전공이 커피냐 아니면 차냐고 물었다. 사실 중용을 이루기가 어려울뿐더러 손님들도 정확하게 반반씩 주문하지 않기 때문이다. 커피가 쉽게 다가오고 차는 조금 낯설기도 할 테니 말이다. 대답도 내 생각과 비슷하다. 처음에는 비중을 반반씩 두었다고 한다. 하지만 시간이 지나면서 그 비율이 깨지고 커피가 더 많다고 한다. 그것은 손님들의 요구 때문이고, 이것도 장사이다 보니 자연스럽게 그렇게 가고 있는 것 같다고 솔직하게 대답한다. 대신 차茶는 예나 지금이나 최상급을 쓴다. 차나무에서 먹을 만큼만 이파리를 따서 덖어 온다. 친구 부모님이 운영하는 다원과 카페에서 소용되는 만큼만 만든다. 물론 직접 재배할 수 없는 다른 차들은 시중에서 제일 좋다고 평가된 것을 사용한다. 이것 역시 처음부터 지금까지 변함이 없는 점이다.

도심 한가운데 아주 작은 흰색 섬을 떠나 차가운 거리로 몸을 옮기는데 걸리는 시간은 불과 몇 분이면 족하다. 멀지 않은 곳에 너무나 익숙한 광화문이, 그리고 시청이 있지만 그 바쁜 일상의 뒤편 길로 나가는 것이 이렇게 싫은 이유는 무엇일까? 잠깐 동안의 여유를 갈무리한다. 🖊

나 무 사 이 로 … 배 준 선

수줍음이 가득 담긴 손길로 그녀는 커피를 내린다. 정직과 양심을 담고, 이 커피를 마시는 사람이 자기를 좋아하는 사람이라고 생각하는
풋풋한 애정까지 첨가한다. 도심 속에 하얀 섬을 가꾸고 그 섬에 두둥실 떠다닌다.

소담한 카페, 궁궐을 미주하다
아포스트로피 S cafe 'S

∶

삼청동

간신히 차를 주차하고 카페 〈아포스트로피 S〉
로 들어갔다. 아주 작은 공간이었지만 그곳에
는 아름다운 의자며 테이블이 놓여 있었고, 작
은 로스터까지 있었다. 길가로 나 있는 창으로
궁궐의 담벼락이 풍경화처럼 펼쳐졌다. 느지
막한 오후를 지날 무렵, 작은 정원의 사철나무
위로 햇살이 쏟아졌고, 앉아 있는 자리가 호사
스럽게 느껴졌다. 그동안 누적된 피로가 오후
의 햇살로 잘게 쪼개지는 느낌이 들었다.

 : 아포스트로피 에스 cafe 'S #I

밝은 톤의 흰색 벽과 높게 들린 천장이 조화를 이루고 있다. 바 쪽에 위치한 작은 로스터는 마치 에스프레소 머신과 친척이나 되는 듯 서로 예쁘게 어울렸다. 그리고 주방에는 천장에서부터 늘어뜨린 전선에 백열등 몇 개가 매달려 밝게 빛나고 있었는데, 전구들이 저마다 다른 모양을 하고 있었다. 다른 나라에서 가져온 수제 전구란다. 〈아포스트로피 S〉라는 이름처럼 카페는 무척이나 낯설고 지나치기 쉬운 곳에 있었다. 차를 타고 가다가는 쉽게 지나칠 수 있을 정도로 안쪽으로 쑥 들어간 곳에 〈아

포스트로피 S〉가 있었다. 마치 도심 속에 떠 있는 섬과 같은 느낌이었다.

두번째로 찾은 날도 오후가 시작될 무렵이었다. 햇볕이 옆 건물 기와에 반사되어 반짝였다. 강한 재즈 음악이 흘러나오는 카페 안에는 나이 드신 분들이 나른한 오후를 즐기고 있었다. 예쁜 의자들과 탁자들의 모양새며 멋진 나뭇결과 안락함까지 마음에 쏙 들었다. 주인장의 가구 선택 안목은 비단 가구 디자인을 하기 때문만은 아니리라. 손님들을 배려하는 마음이 담겼다고나 할까?

〈아포스트로피 S〉라는 이름처럼 카페는 무척이나 낯설고 지나치기 쉬운 곳에 있다. 마치 도심 속에 떠 있는 섬과 같은 느낌이었다.

: 아포스트로피 에스 cafe 'S #2

카페를 담당하는 박혜정 씨와 이야기를 나눴다. 원래 하는 일이 가구를 만들거나 디자인하는 일인데, 워낙 커피를 좋아하다보니 카페를 열었단다. 카페와 커피를 좋아하고 즐기는 편인데, 사무실에서 먹는 양이 하도 엄청나서 자신들이 즐기기 위해 직접 카페를 열었단다. 그렇게 가볍게 이야기하지만 실상 로스터나 음식 만드는 분의 솜씨가 보통이 아닌 것으로 보아 그저 자신들만 즐기기 위해 만든 것은 아닌 것 같다.

"어디 편안하고 맛난 커피집을 가고 싶은데 저에게 딱 맞는 집을 찾기가 만만치 않아서 겸사겸사 오픈하게 되었어요."

겸손인지 아니면 자랑인지 모를 듯하게 배경을 설명한다. 그러면서 자신이 가지고 있는 카페에 관한 소신을 조용히 들려준다. 그녀 스스로가 가장 가고 싶어 하는 공간의 특징은 깔끔하면서도 다정한 공간이라고 말한다. 카페가 우후죽순처럼 생겨나고 있지만 사실 자신의 취향에 맞는 카페를 찾는 일은 그리 쉬운 일이 아니란다.

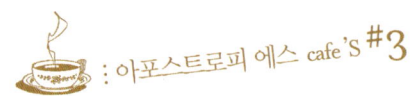

공간이 너무 협소한 것 아니냐고 물었다. 이러다가 손님이 갑자기 밀어닥치면 어떻게 하는지 궁금했다. 알고 보니 2층에도 공간이 있는데, 대신 예약을 해야 한단다. 방과 같이 편안한 공간에서 맛있는 커피와 다른 서비스를 즐길 수 있는 것이 2층의 장점이라고 말한다. 또 하나, 3월이 지나면 앞마당의 유리문을 열고 작은 초록색의 정원에도 테이블을 내어놓고 일종의 확장을 꾀할 것이라고 한다. 좀더 많은 사람들이 편안하게 있다가 가면 좋겠다는 바람을 이렇게나마 표현하고 싶어하는 것 같다.

"어디 편안하고 맛난 커피집을 가고 싶은데 저에게 딱 맞는 집을
찾기가 만만치 않아서 겸사겸사 오픈을 하게 되었어요."
"진짜 커피를 좋아하고 이 카페를 좋아하시는
분들이 찾기를 바랄 뿐이에요."

이번에는 커피 값이 조금 비싸다고 투덜거렸다.

"진짜 커피를 좋아하고 이 카페를 좋아하시는 분들이 찾기를 바랄 뿐이에요."

그저 지나다가 들르는 뜨내기 손님들이 많아져서 오히려 이곳 단골에게 불편함

이 가중되는 것을 원치 않는다는 말을 덧붙였다. 쉽게 찾고 그래서 쉽게 잊히는

그런 공간이기보다는 마니아들이 아주 오랫동안 사랑할 수 있는 그런 공간이기

를 원한다. 그러기 위해서는 정당한 대가를 치른 분들이 그 만큼의 쾌적함을 누려

야 하며, 이것은 결국 가격 책정에까지 연관이 되기에 그렇게 했단다. 딱 들어맞

는 말은 아니지만 그녀가 무엇을 원하고 있는지 대충 눈치챌 수 있었다.

아 포 스 트 로 피 에 스 Cafe's ··· 박 혜 정
커피는 마시고 싶고, 마음에 드는 카페는 별로 없고······ 사무실에서 커피를 축내느니 차라리 카페를 열어버린 그. 커피를 사랑
하고, 자신이 펼쳐놓은 카페를 좋아하는 사람들이 찾아와주기를 바라며 오후의 햇살이 그려놓는 담벼락 풍경을 마주하고 있다.

〈아포스트로피 S〉는 쉽게 찾고 그래서 쉽게 잊히는 그런 공간이기보다는 마니아들이 아주 오랫동안 사랑할 수 있는 그런 공간이기를 원한다.

카페에서 두어 걸음 떼어내면 궁궐의 담벼락이 시야를 가로막는다. 길고 긴 고궁의 담벼락은 조금 밋밋함이 서려 있다. 나오자마자 카페를 뒤돌아보게 하는 그런 아쉬움이 발길을 붙잡는다.
지금쯤 작고 파란 마당에 테이블을 펼쳐 놓았을까? 궁금증이 고개를 든다.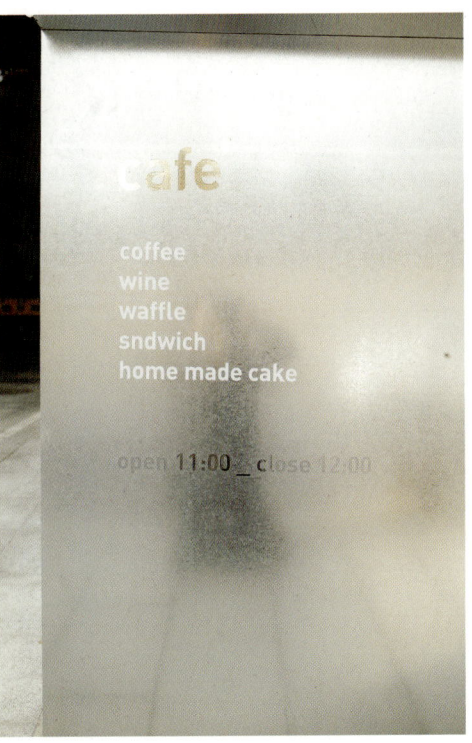

커피 내리는 의사, 진료하는 바리스타

제너럴 닥터 General Doctor

:

홍대 앞

'홍대 앞' 이라는 말에는 복합적인 의미가 있다. 트렌디함의 대명사 같

은 용어이며 동시에 문화적인 감성의 충전소 같은 느낌도 섞여 있다.

'홍대 앞에 간다' 는 것은 무엇인가 활력을 찾으려고 시도하는 것처럼

느껴지고, 그 동네에서 무슨 일이든 했다면 적어도 시대에 뒤처지는 그

런 인간은 아닌 것처럼 들린다. 바로 그런 곳에 알 수 없는 크로스오버

cross-over 카페가 있다.

 : 제너럴 닥터 General Doctor [#]I

이름처럼 특이한 카페다. 주인장의 공식 직함은 원장이다. 병원이기 때문이다. 그리고 원장이 가끔은 직접 커피도 내려준다. 그럴 때에는 바리스타가 된다. 이미 언론을 통해 주목받고 있는 이 특별한 카페—혹은 병원—는 사실 병원—혹은 카페—이다. 조금 헷갈리기는 하지만 주인장인 김승범 원장의 생각은 분명하다. 자신의 주업이 의사인 것과 참된 의료, 혹은 진짜 의료를 실천하기 위한 하나의 대안으로 병원에 카페를 결합한 것이다. 아픈 곳이 생길 때만 찾는 병원이 아니라 평소 의사와 함께 차를 나누어 마시며 친구가 될 수 있는 공간을 구상하다 나온 결과라고 한다. 〈제너럴 닥터〉의 입구에는 '인플루엔자 예방접종' 안내문이 붙어 있었다. 〈제닥(제너럴 닥터)〉의 홈피를 찾아가도 마찬가지이다. 친근감 있는 만화로 그려진 독감 주의 안내가 이색적이며 정감이 간다. 이렇다보니 편안한 카페면서 동시에 〈제닥〉은 손님들의 건강을 생각하는 카페로 여겨진다. 그렇다고 주문을 받으면서 건강상태

를 묻지는 않는다. 진료하는 곳과 카페는 엄연히 구분되어 있기 때문이다. 하지만 주인장의 바람처럼 이곳은 사람들이 편안히 드나들며 자신들의 내면을 스스럼없이 드러낼 수 있는 진짜 병원이고자 한다. 그런 의미에서 김 원장의 관심은 사람들의 표정이며 반응이다. 이것은 카페가 마음에 드는지, 그렇지 않은지의 반응을 살피는 것과는 다른 차원이다. 그는 사람들의 행복지수, 편안함의 감성을 살피는 것이다.

〈제닥〉의 인테리어는 화려하지 않다. 병원답지만 한편으로는 카페답다. 흰 색채도 그렇거니와 대부분의 인테리어 자재들이 저렴한 나무들로 이루어져 더욱 친근한 느낌이 들도록 하였다. 그렇다고 아무렇게나 만든 것은 아닌 것 같다. 계산된 착오랄까? 조금은 낮은 테이블과 의자, 벽과 잇대어 있는 작은 규모의 테이블이 눈을 편안하게 해준다. 테이블 주위에 자연스럽게 진열해 놓은 소품들은 그리 비싸지 않지만 우리들의 감성을 충분히 자극하고 웃음을 자아내게 한다. 병원 의료용 기구들을 디자인하는 디자인 팀과 협력하는 것이나, 주인장이 의료벤처 대회에서 입상하여 이 부분에 지대한 관심을 가지고 있는 것, 그리고 〈제닥〉에서 자주 열리는 디자인 관련 전시회를 보니 〈제닥〉의 인테리어가 더 마음에 와 닿는다.

〈제닥〉에 한 번 더 찾아가 인터뷰를 했다. 조금 변한 인테리어를 보며 의아해했다. 주인장의 형에 의해서 계산된 보기 좋은 상태의 인테리어가 흩어지고 새롭게 재조합되었다. 형이 디자인 한 인테리어를 허물고 그가 새롭게 재창조하고 있었다. 그 뿐만이 아니다. 새롭게 추가된 메뉴가 눈에 띄었다. 발음도 어렵다. '뱅쇼 시트롱Vin Chaud Citron', 와인에 계피와 과일 등을 넣고 끓여 알콜을 없애고 뜨겁게 마시는 유럽식 와인 티의 일종이다. 이런 녀석들은 계절음료다. 봄이 되면 무슨 음료가 나올까? 은근 기대된다.)

주인장의 공식 직함은 원장이다. 병원이기 때문이다. 그리고 원장이 가끔은 직접 커피도 내려준다. 그럴 때에는 바리스타가 된다.

〈제닥〉의 홈피에 놀러 갔다. 김원장의 병원일기가 마음을 끌었다.

진료 환자가 한 명 없어도 행복한 이유…

오전부터 방송 촬영 때문에 사람들이 오가며 분주했지만, 정작 환자는 오늘 하루 동안 한 명도 없었다. 오후와 저녁에는 음료만 마시러 오는 손님들뿐이었다. 이렇게 환자를 한 명도 보지 못하면서도, 의외로 기분은 나쁘지 않았다. '내가 선택한 길이라서', 의 차원이 아니라 이 일을 시작하기 전에는 몰랐던 것을 깨달아 가고 있기 때문이다. 의료와 음식을 만드는 일은 상당히 많은 의미상의 공통점이 있으며, 의사로서의 행복은 (의외로) 맛있는 것을 만들어 주면서도 느낄 수 있다는 것이다.

원래, 병원에 오는 사람들은 힘들다, 아프니까. 그 사람들에게 무언가를 해 줘서 조금이라도 나아진 표정으로 돌아갈 수 있게 하는 것이 의사의 일이다. 음식을 만들어 주는 일도 비슷하다. 배가 고프거나, 목이 마르거나, 뭔가 좋은 것을 얻기 위해 오는 사람들에게 자신만의 무언가를 해 줘서 그들의 기분을 좋게, 몸을 편안하게 해 줄 수 있다.

원래는 라면이나 겨우 끓여 먹을 줄만 알았던 내가, 손님들에게 음료를 만들어 주는 일을 즐기게 된 것은 이런 맥락 때문인 것 같다. 아픈 것에서 회복되는 것도 중요하지만, 맛있는 것을 먹고 기분 좋아하는 것도 삶에서 놓쳐서는 안 되는, 참 소중한 일이다. 나를 찾아오는 사람들에게 하나라도 더 무언가 '좋은 것'을 해 줄 수 있는 가능성을 늘려 가고 있다는 점에서, 하루에 환자가 한 명도 없었던 오늘도 행복할 수 있다.

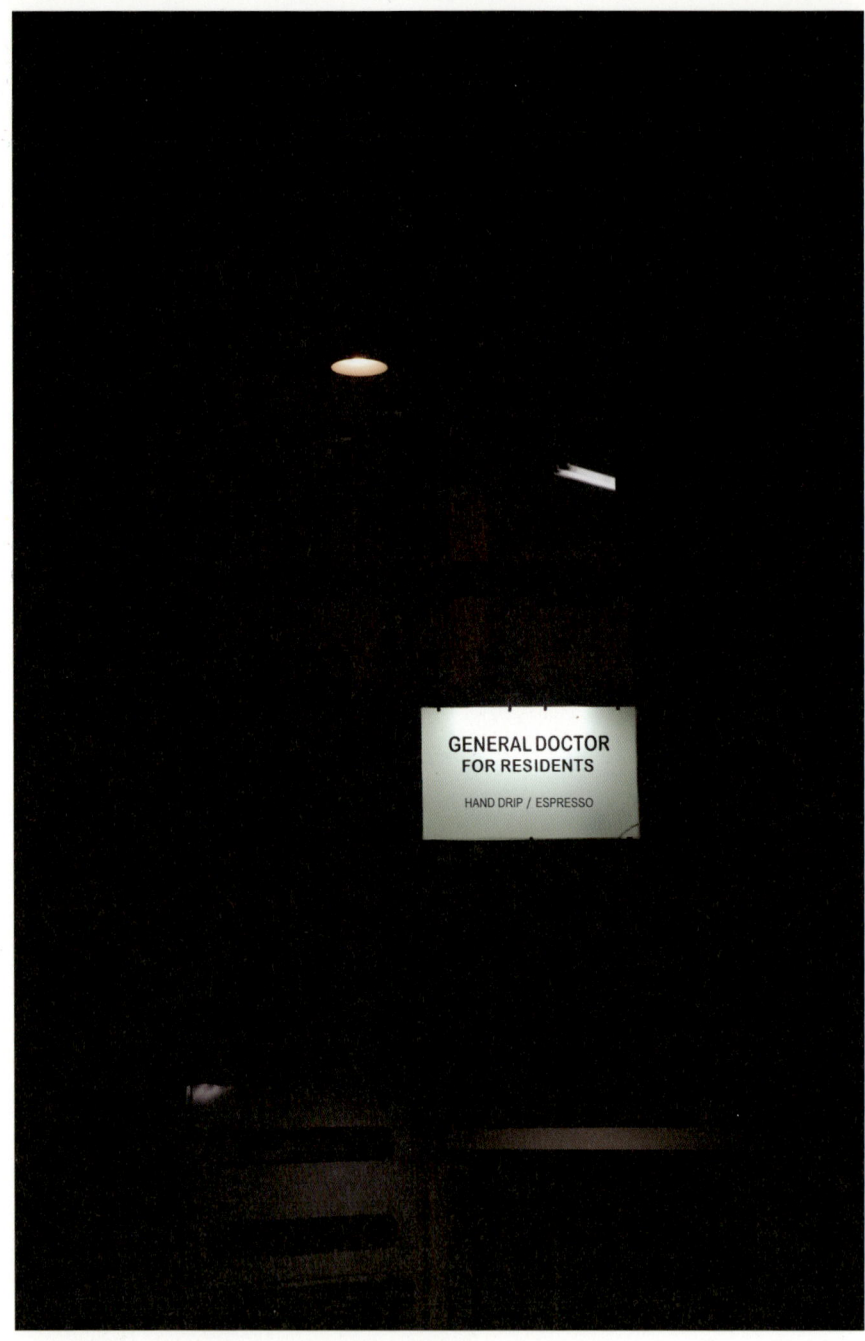

GENERAL DOCTOR
FOR RESIDENTS

HAND DRIP / ESPRESSO

제 너 럴 닥 터 General Doctor … 김 승 범

그는 병원 원장일까, 카페 주인장일까. 같은 공간에서 두 개의 직업을 가지고 있는 그는 사람들이 앓고 있는 마음의 병까지 치료해준
다. 하루에 환자를 한 명도 진료하지 못해도 행복하다는 그의 웃음에 사람을 위한 배려가 묻어난다.

그는 인간적인 의사이다. 항상 고민하면서 무엇인가를 찾아가는 구도자 같기도 하다. 아마 그는 의사가 안 됐다면 차를 끓여주는 구도자가 되었을지도 모를 일이다. 그가 느끼는 진짜 행복은 오가는 모든 사람들이 진정 필요로 하는 것―그것이 커피이든, 진료든―을 자신이 해 줄 수 있고, 그래서 사람들이 편안할 수만 있다면 그것으로 좋다는 것이다.

〈제닥〉은 그에게 있어 집이며 카페이고 병원이다. 일터이며 동시에 가장 편안하게 쉴 수 있는 쉼의 공간인 것이다. 일과 모든 것이 함께 얽혀 있는 공간에서 그는 사람들을 만난다. 그의 생각에는, 직업과 참된 행복이 유리된 것이 아니라 직업이 곧 행복 추구의 또 다른 축이다. 병원에 카페를 겸하는 것이 기존의 모든 틀을 깨고 편안하게 사람들에게 다가갈 수 있는 하나의 방법으로 선택한 것이라면, 그 자체만으로도 〈제닥〉의 존재 이유는 충분한 것이 아닐까?

의사 샘이 내려주는 찐한 에스프레소로 독감을 예방해 보는 것은 어떨지……🫘

아마 그는 의사가 안 됐다면 차를 끓여주는 구도자가 되었을지도 모를 일이다. 그가 느끼는 참 행복은 오가는 모든 사람들이 진정 필요로 하는 것, 그것이 커피이든, 진료든 자신이 해 줄 수 있는 것이 있고, 그래서 사람들이 편안할 수만 있다면 그것으로 좋다.

세상에서 가장 작고 행복한 커피 공장

더 블루스
Roasting Factory Cafe the Blues

홍대 근처

저녁 공기가 차가운 어느 날, 그것도 해가 저만큼 떨어진 시간에 〈더 블

루스〉를 찾아갔다. 아주 작고 앙증맞은 간판과 마주친 뒤에 여느 가게

처럼 문을 밀고 들어섰다. 그러나 눈인사만 잠시 나누고 이내 밖으로 쫓

기듯 나왔다. 10여 분이 지났을까. 처자 세 명이 나오고서야 내가 비집

고 들어갈 틈이 생겼다. 나보다 먼저 기다리고 있던 또 다른 처자 세 명

과 코를 맞대듯이 한 상태에서 주인장과 몇 마디 말을 나눴다.

 : 더 블루스 Roasting Factory Cafe the Blues #I

그는 그동안 커피를 다섯 잔 내렸고, 두 번이나 커피를 볶았다. 그리고 사가지고 가는 손님들의 주문을 처리하고 누군가 부탁한 커피 알맹이들을 포장하느라 분주했다. 다른 손길 없이 모든 것을 혼자 하는 눈치다. 원맨쇼, 아니 멀티 플레이어, 그것도 아니면 다재다능하다고 해야 할까? 정확히 하자면 누군가 도울 만한 공간이 있는 것도 아니다. 도대체 가게가 너무 작다. 도와주는 이가 있어도 어깨든 엉덩이든 부딪히지 않으려고 애를 써야 할 만큼의 크기이다. 사진을 찍으며 번갈아 주방을 오

'커피는 커피일 뿐' 그 이상도, 그 이하도 아니다. 그에게 커피는 그냥 직업이라고 말한다. 자신이 선택한 하나의 직업. 그리고 한술 더 떠서 그다지 커피 마시기를 즐겨하지 않는다고 한다.

가야 했다. 그가 들어오면 나는 홀처럼 생긴 공간—그냥 테이블 반대편—으로 가야 했고, 그가 다른 공간으로 이동하면 내가 그 공간으로 들어갈 수 있는 여유가 생겼다. 앉아 있기 민망한 카페다. 그런데도 문을 닫는 5시까지 손님이 계속 드나들었다. 자리가 여의치 않아 그냥 가져가면서 마시는 사람, 빈을 사가는 사람들로 끊임없이 붐볐다.

: 더 블루스 Roasting Factory Cafe the Blues #2

주인장 임성현 씨와 대화를 나누면서 지금까지 불편했던 모든 이유를 알게 되었다.

"여기는 카페가 아닙니다."

'뭐라고? 내가 잘못 들었나? 난 카페를 찾아왔는데……'

"여기는 일반적인 카페가 아니라 커피콩을 볶아서 파는 일종의 로스팅 전문 숍입니다."

커피를 팔기는 하지만 그것은 찾아온 분들과 동네 분들을 위한 일종의 서비스 같은 것이란다. 원하면 가지고 가서 먹을 수 있지만—take out이라는 용어로 더욱 알려진—가게 안에서 먹기에는 불편하단다. 대신 자신이 판매하는 커피가 어떤 것인지 시음하는 차원의 드립을 제공한다. 마치 일본의 방식과 같다고 하자, 주인장은 모르겠단다. 가본 적도 없고, 일본 방식도 알지 못한단다.

사적인 질문을 굉장히 싫어하는 그에게 지극히 사적인 것을 물었다. 그의 나이는 스물 일곱이다. 그동안 만난 사람들의 나이에 비하면 거의 절반 정도의 나이이다. 그래서 그런지 동안이라고 여겼던 그의 얼굴이 약간 더 앳돼 보였다. 하지만 그의 손놀림은 어느 숙련공 못지않다. 그리고 요즘 젊은이답게 당차고 자기 주관이 뚜렷했다. 너무 일찍 문을 닫는 것이 아닌가 하여 — 영업이 09시부터~17시까지다 — 여가 시간에 무얼 하냐고 물었다.

"그런 사적인 것에 왜 사람들이 관심이 그리 많은지 모르겠다."

질문한 사람이 무안해지긴 하지만, 당연한 대답이다.

그냥 폼 잡고 무엇인가 예술을 하는 것처럼 하고 싶지는 않다. 그저 하다보면 익숙해지고, 그러다보면 어느 날 자신의 이름을 거는 카페나 진짜 맛난 커피가 나오지 않을까?

"여기는 카페가 아닙니다."
'뭐라고? 내가 잘못 들었나? 난 카페를 찾아왔는데……'
"여기는 일반적인 카페가 아니라 커피콩을 볶아서 파는 일종의 로스팅 전문숍입니다."

 : 더 블루스 Roasting Factory Cafe the Blues #3

사적인 것을 묻지 않으려고 이리저리 머리를 굴리며 생각하다가, 커피를 어떻게 생각하느냐고 물었다. 역시 당황스러운 대답. '커피는 커피일 뿐' 그 이상도, 그 이하도 아니란다. 그에게 커피는 그냥 직업이라고 한다. 자신이 선택한 하나의 직업. 그리고 한술 더 떠서 그다지 커피 마시기를 즐겨하지 않는다고 한다. 의외의 대답이다. 여태까지 만난 사람들 대부분은 반쯤 커피에 미쳐 있거나 혼이 나간 사람들이었다. 소위 커피를 하다가 죽어도 좋다고 생각하는 사람들만 만나 왔다. 그런데 이 젊은이는 전혀 다른 세상의 이야기를 한다. 알아듣는 척 하고 한참 생각했다. 그가 건넨 다른 한마디에 뒤늦게 이해가 되었다. 그냥 폼 잡고 무엇인가 예술을 하는 것처럼 하고 싶지는 않단다. 그저 하다보면 익숙해지고, 그러다보면 어느 날 자신의 이름을 거는 카페나 진짜 맛난 커피가 나오지 않겠느냐고 한다. 무엇인가 대가가 되려고 하지 않는 대신에 그냥 꾸준히 하고 싶다고 한다. 그렇게 하다보면 정말 능숙한 장인이 되는 것이 아니냐고 한다. 오늘날 커피하는 사람들의 거품을 보면서 자신이 느끼고 생각한 것을 적용하고 싶어 하는 것이다. 그냥 평범한 직업으로도 커피는 훌륭한 것이기에 하고 있고, 그것이 적당한 경제적인 도움을 주기에 하고 있는 것이라고 덧붙인다. 커피의 대가를 꿈꾸거나, 한국 커피계의 미래를 생각하지는 않는다고…… 그러나 꾸준히 하다보면 발전이 올 것이고, 자연스럽게 커피도 맛있어지지 않겠느냐고.

더 블루스 Roasting Factory Cafe the Blues #4

더 블루스 Roasting Factory Cafe the Blues… 임 성 현

단호하면서 분명한, 자신의 삶과 꿈이 확실한 그는 거품을 뺀 커피를 내리고 있다. 괜히 폼 잡는 예술인이 아닌 부지런히 노력
하는 커피에 그의 미래도 함께 스며든다. 그는 자신의 가게가 카페가 아닌 로스팅 전문 숍이라고 강조한다.

내친김에 꿈을 물었다. 이것 역시 완전히 사적인 질문의 핵심인데!

그의 꿈은 작은 공연장을 갖는 것이다. 그걸 위해서 커피를 한다. 그에게 커피는 수단일 뿐이다. 목적은 다른 것에 있고. 그렇다고 해서 그가 그 수단을 소홀히 하는 것은 아니다. 디자인이며 영업이며 많이 살피고 조절한다. 맛도 그렇고, 로스팅도 그렇고 모든 것이 냉혹한 요즘에 그냥 마셔주지 않는 손님들의 입맛을 잡고 있는 것을 보면 수단이라고 하여 대강 하는 것은 아닌 듯싶다. 다 볶인 커피를 놓고 뒤적거리며 핸드픽 하는 것을 보니 은근히 기분이 좋아졌다. 드립하는 모습을 애써 감추고 싶어 하는 그에게 얼굴 사진 한 번 찍자고 하자 말을 얼른 얼버무리며 뒤돌아 수줍게 드립한다. 그 모습에 슬쩍 셔터를 눌렀다.

그의 꿈은 작은 공연장을 갖는 것이다. 그걸 위해서 커피를 한다. 그렇다고 해서 그가 커피를 소홀히 하는 것은 아니다. 디자인이며 영업이며 많이 살피고 조절한다.

내려준 커피를 마셨다. 〈더 블루스〉 블랜딩 2번. 1번에서 5번까지, 대신 4번은 빠져 있다. 총 네 종류의 〈더 블루스〉 블랜딩이 존재한다. 각각 다 마시지는 않았지만 대충 그 간격을 알만하다. 약간 약배전된 커피를 진하게 주문했다. 약배전 특유의 시큼한 맛이 있으면서도 목넘김이 좋다. 고양이가 그려진 앙증맞은 잔에 컵핑할 정도의 양만 제공된다. 나중에 계산하려고 보니 2천 원이란다. 왜 이리 싸냐고 물었더니, 빈을 팔기 전에 미리 한 잔 내려 줌으로써 맛을 보게 한 뒤에 살 수 있는 방식이란다. 손님에게 제공되는 일종의 컵핑인 셈. 내려주는 사람이나 커피를 고르는 사람이나 손해는 아닌 듯하다.

여자 친구가 있냐고 마지막까지 사적인 질문을 해봤다. 있단다. 직장에서 돈을 번단다. 요즘은 혼자 벌어서 못 산다고. 그러면서 가게를 나서는 내 등 뒤에 한마디 남겼다.

"날이 아직 추울 텐데, 아까 들어오실 때보다 기온이 더 낮을 거예요."

그의 말이 목도리보다 더 따스하게 느껴졌다. 머리를 숙여 내려진 블라인드를 걷으며 밖으로 나섰다. 🅘

나중에 계산하려고 보니 2천 원이란다. 왜 이리 싸냐고 물었더니, 빈을 팔기 전에 미리 한 잔 내려 줌으로써 맛을 보게 한 뒤에 살 수 있는 방식이란다. 손님에게 제공되는 일종의 컵핑인 셈.

:: 뱀발

아참 그가 당부한 것이 있다. 자신의 카페는 진짜 카페가 아니라고 말해달란다. 와서 좁다느니, 앉을 자리가 없다느니 불평하지 말라고 말해 달란다. 그저 볶은 커피 시음하는 마음으로, 혹은 뽑아 갈 그런 생각으로 오라고.

치즈 케이크와 커피의 조화

세라도 CAFE DO CERRA DO

∴

양산

포항을 비롯하여 경주와 울산, 그리고 양산과 부산까
지 아우르는 여행을 이틀 코스로 잡았다. 포항에서
시작하여 한곳씩 옮겨가던 여행은 부산으로 가기 전
마지막 코스로 양산을 정했다. 양산 〈세라도〉에 도착
한 시간은 밤 10시가 다 되어서였다. 몸도 마음도 지
쳐 숙소까지 갈 수 있는 약간의 기운만 남아 있었다.
그러나 〈세라도〉에서 맛본 치즈 케이크와 커피의 오
묘한 조화 속으로 이내 피로가 녹아들었다.

첫인상? 글쎄, 스위스 풍의 산장 같은 분위기라고나 할까? 작은 벽난로와 부분 부분 다른 콘셉트로 디자인해 놓은 실내는 화려하지는 않았지만 지친 몸을 기대기에는 안성맞춤이었다.

: 세라도 CAFE DO CERRADO #1

카페 내부는 널찍했다. 첫인상? 글쎄, 스위스 풍의 산장 같은 분위기라고나 할까? 작은 벽난로와 부분 부분 다른 콘셉트로 디자인해 놓은 실내는 화려하지는 않았지만 지친 몸을 기대기에는 안성맞춤이었다. 나지막하게 흐르는 음악이 어느덧 마음까지 열어주었다. 약간 어두운 조명은 흔들리는 시골 호롱불 같은 느낌까지 나고 있었다.

작은 주전자에서 김이 오를 무렵, 주인장이 커피 주문을 받았다. 마치 엄마의 품 같은 포근한 공간 〈세라도〉는 우리들의 마음을 편안하고 부드럽게 무장해제 시키고 있었다. 바 뒤쪽으로는 그동안 모아 놓은 수많은 잔들이 어두운 조명 아래서 별처럼 빛나고 있었다.

카페 안을 기웃거리는 동안 내려온 커피와 치즈 케이크는 조금 전에 먹은 저녁을 잊게 할 정도로 깊고 풍부한 맛을 지니고 있었다. 우윳빛 치즈 케이크는 농밀하면서도 촉촉한 맛이 절묘한 조화를 이뤘다. 주인장이 가지고 온 치즈 케이크는 부산의 카페는 물론이고 서울까지 배송된다고 한다. 한 입 떼 내어 입안에 넣으면 진한 커피 한 모금이 간절하고, 진한 커피 한 모금을 마시고 나면 이번에는 얼른 치즈 케이크로 손이 간다.

이런 솜씨 때문인지 세라도에서는 이와 관련한 강좌가 자주 진행된다. 가지고 있는 손재주를 주변 사람들에게 거리낌 없이 나누어 준다. 정작 본인은 비싼 수업료를 내고 배웠지만 나눠줄 때는 이것저것 가리지 않고 나누어 준다. 그가 배우는 동안 들인 공功과 비용은 차치하고라도 나눠주는 모습은 그저 넉넉할 뿐이다.

세 라 도 CAFE DO CERRA DO … 조 수 제

커피, 케이크. 그가 이끌어내는 절묘한 조화는 대한민국 전국을 누빌 정도로 기가 막힌다. 애써 돈 주고 배운 것을 그는 찾아오는 사람들에게 나누어 준다. 대화를 나눌수록 그의 깊은 속정에 매료된다.

커피와 치즈 케이크는 조금 전에 먹은 저녁을 잊게 할 정도로 깊고 풍부한 맛을 지니고 있었다. 한 입 떼어 입안에 넣으면 진한 커피 한 모금이 간절하고, 진한 커피 한 모금을 마시고 나면 이번에는 얼른 치즈 케이크로 손이 간다.

요즘 그는 서울까지 강의를 나간다. 자신이 배운 커피며 주변 먹거리들을 다른 이들과 공유하기 위해서이다.

 : 세라도 CAFE DO CERRA DO #3

요즘 그는 서울까지 강의를 나간다. 자신이 배운 커피며 주변 먹거리들을 다른 이들과 공유하기 위해서이다. 일주일에 서너 번은 서울과 양산을 오간다. 어떤 곳은 수지도 안 맞는데 마다하지 않고 간다. 정작 본인은 이런 것들이 뭐 대단하냐 반문하지만, 요즘 세태에는 쉽지 않은 일이다. 사실 어떤 종류건 음식에 따른 레시피recipe 하나 알려주는 데 돈은 물론이고 그 공치사는 얼마나 대단한가? 어떤 이들은 돈을 주면서 알려 달라고 해도 문전박대한다는데, 그에 비하면 〈세라도〉의 주인장은 단순히 마음이 넓은 것이 아니라 시대를 거스르고 있는 것이다.

그래서 그런지 내려온 커피에서 사람 냄새가 난다. 정겨운 인생이 녹아 있고, 반기는 마음까지 고스란히 농축되어 있는 듯하다. 지난 가을에 따 놓은 잘 익은 감을 함께 내오는 손길에도 그 마음이 묻어 있다. 장삿속으로 이런 것이 아니다. 한두 번, 그리고 여러 번 겪어 보니 수줍음이 더해가고, 갖추는 예禮가 늘어나고 불편하지 않을 정도의 친근한 웃음이 깊어진다. 나누는 말은 많지 않은데 속정이 깊다고나 할까.

내려온 커피에서 사람 냄새가 난다. 정겨운 인생이 녹아 있고,
반기는 마음까지 고스란히 농축되어 있는 듯하다.

 : 세라도 CAFE DO CERRA DO #4

밤이 더욱 깊어졌다. 내일 부산을 향해야 했기에 자리를 털었다. 짐을 챙기고 못내
아쉬운 작별을 고했다. 산장 같은 카페에서 함께 간 지인들과 두런두런 이야기 나누
며 밤샘도 즐거울 텐데. 아쉽기는 서로 매한가지 아니겠는가?
총총한 별들이 초겨울 하늘에 안개꽃처럼 뿌려져 있었다. 아주 짧은 시간 동안 머물
렀지만 〈세라도〉는 여유와 안락함을 누리게 해주었다. 그리고 어깨를 누르던 피곤
함까지도 해결해주었다. 버스에 몸을 실으며 마치 외갓집을 나서는 듯한 묘한 기분
이 들었다.

산사에서 커피를 마시다

길상사

:

봉천동 서울대 근방

물 좋기로 소문난 고찰 수종사에서 차를 우려 마셨던 호강이 기억 저편

에 아스라해지던 어느 날 하늘을 받들어 사는 동네 봉천의 한 사찰에 갈

일이 생겼다. 이미 그 지명도에 익숙한 터라 흔쾌히 동행을 허하고 내친

김에 그쪽으로 가는 차편에 몸을 실었다

일행과 함께 도착한 길상사는 여느 사찰과는 다른 풍모를 보여주고 있었다. 관악산에 등을 기대선 채 맑은 기운을 고스란히 받으며 내다보이는 모든 미물을 품에 끌어안고 있었다. 마루를 놓아 만든 넓은 안마당 위에는 크고 작은 화분들과 소품들이 어울려 새소리며 봄 꽃 틔우는 소리를 함께 만들어 냈다. 길상사를 찾은 볕 좋은 그날은 안마당에 있는 너른 바위 위에 등을 대고 누워만 있어도 도道가 제 걸음으로 찾아 올 것만 같았다.

문을 열고 이곳저곳을 기웃거렸다. 길을 찾는 이들에게는 언제나 열려 있어야 할 도량이기는 하지만 허락을 받지 않고는 아무나 들어갈 수 없는 비구니比丘尼들의 도량이다 보니 스스로 한 번 더 생각하게 되었다. 아무 방이나 들어갈 수 없고, 허락 없이 사진 찍는 것은 더욱 민폐이고. 소리마저 스치는 절집이라 카메라 셔터 소리는 거반 새벽에 울리는 목어木魚 소리 같다.

절제를 넘어 아름다운 것을 아름답다고 말할 수 있는 심미안은
그가 가진 도의 깊이를 말해주고 있다.

 : 길상사 #2

길상사에는 예쁘지 않은 것이 하나도 없다. 스님들의 마음이 예쁘고,
지천으로 피고 지는 주변 산자락의 사시사철이 예쁘고, 마당 한가운
데서 볕 좋은 날 하늘을 향해 짖어대는 티벳이도 예쁘고…… 그야말
로 길상사는 어디서 주어다 놓은 돌멩이 하나까지도 예쁜 곳이다.

이곳에 거하는 정위 스님과는 연이 있다. 커피를 함께 마시며 그 인연은 시작되었고, 급기야 커피 투어까지 함께 다녀오기도 했다. 예쁜 것을 예쁘다고 하며, 멋진 것을 멋지다고 표현할 줄 아는 스님이시다. 절제를 넘어 아름다운 것을 아름답다고 말할 수 있는 심미안은 그가 가진 도의 깊이를 말해주고 있다. 그래서 길상사에는 소중하고 예쁜 것들이 조화를 이루고 있으며, 절제와 자유로운 흐름을 가지고 있다. 길상사라는 건물 자체뿐만 아니라 그 속에 담겨 있는 정물 하나하나가 모두 예술적 가치를 지니고 있는 것들이다.

길상사에는 소중하고 예쁜 것들이 조화를 이루고 있으며, 절제와 자유로운 흐름을 가지고 있다.

길상사는 다른 사찰과는 확연히 다른 면을 가지고 있다. 무엇보다 먼저 차 대신 솜씨 좋은 정위 스님이 내리는 맛난 커피가 있다. 쉽게 말해 정위 스님의 손맛이 담겨 있는 절밥과 그에 비견한 커피가 있는 것이다. 아름다운 공간과 어우러지는 커피의 향은 전혀 낯설지 않다. 정위 스님은 길상사에 카페를 들이길 원했고, 결국 새롭게 차 마실 공간을 열었다. 다른 도량道場은 모르겠으나 비구니들의 도량인 길상사는 특별한 허락이 없이는 좀처럼 내면을 드러내 보이지 않는 곳이다. 그런 곳에 차 마실 공간을 열겠다는 것은 경계를 허물고 세상의 출입을 허락하겠다는 뜻이 아니겠

관악산에 기대선 채 맑은 기운을 고스란히 받으며
내려다 보이는 모든 미물을 품에 끌어 안고 있었다

는가? 그러니 어찌 길상사가 궁금치 않겠는가?

절집에서 카페를 연다고? 그것은 다향茶香만이 아니라 가향珈香이 퍼진다는 의미인

데, 봉천동 제일 윗집에서 뿜어져 나올 커피의 향은 과연 얼마나 동리 사람들을 어

지럽힐 것인가? 또한 지친 중생들을 손님으로 삼아 기다릴 그 손놀림 또한 얼마나

예쁠 것인가?

뒤꿈치 들고 조심스럽게 걸음을 옮기며 사진을 찍느라 긴장한 마음이 역력한 나를 불러 절밥을 비벼주시는 스님의 손길이라면 길상사의 커피는 세상의 어느 카페의 커피보다 깊게 내려지지 않겠나?

 : 길상사 #3

문화 공간 지대방이 열렸다고 해서 다시 찾았다. 스님들이 바느질도 하고 두런두런 이야기꽃을 피우는 곳을 지대방이라고 하는데, 그런 곳을 새롭게 만들어 열어놓은 것이다. 겨울이면 김치도 씻고 김장도 하는 널찍한 반지하 공간을 멋지게 꾸며놓은 소위 절집 카페는 어디에 내놓아도 손색이 없을 만한 공간이 되었다. 이 역시 처음부터 정위 스님께서 저지른 일이다. 본래 차茶 사발로 쓰이던 그릇에 담겨 나온 진한 커피는 앉아 있는 탁자와 조화를 이루었고, 여기 저기 자유롭게 털썩 앉아 이야기 나눌 수 있는 지대방의 분위기와도 너무 잘 어울리고 있었다.

작은 소품 하나까지 직접 고르고, 만들고, 이어 붙여 끝내 마음에 차야 누군가에게 보이는 스님의 눈썰미 덕분에 그 넓은 공간이 결코 휑하게 느껴지지 않았다. 독립된 듯 하면서도 넓게 트여 있고, 그러면서도 서로 어우러지는 모습이 평화로워 보인다. 콘센트 구멍 하나까지 작은 천 위에 수놓아 가려놓은 솜씨를 보면 '역시'라는 말 밖에는 나오지 않는다. 이런 공간에 있다는 것 자체만으로도 마음이 넉넉해지는 것은 나만의 생각이 아닐 게다.

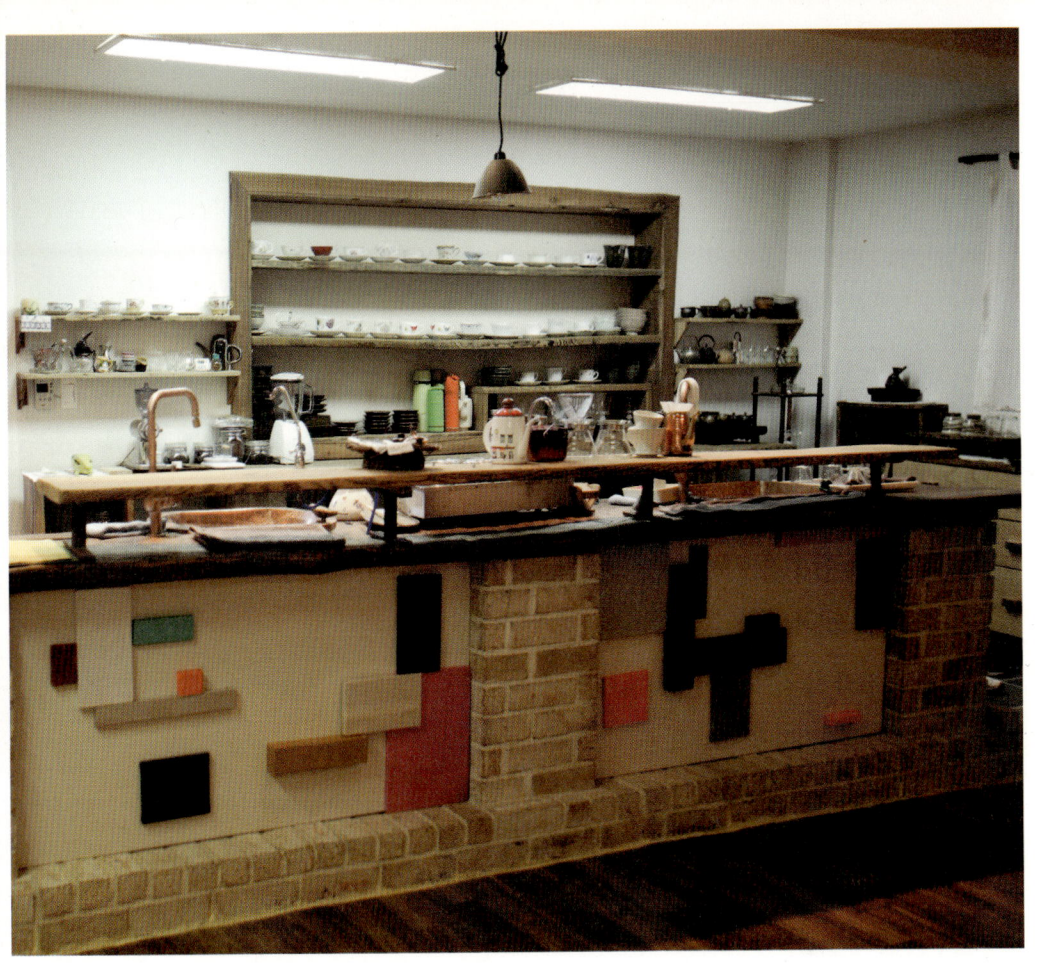

어디 그뿐이랴? 길상사에는 예쁘지 않은 것이 하나도 없다. 스님들의 마음이 예쁘고, 지천으로 피고 지는 주변 산자락의 사시사철이 예쁘고, 마당 한가운데서 볕 좋은 날 하늘을 향해 짖어대는 티벳이(강아지 이름)도 예쁘고…… 그야말로 길상사는 어디서 주어다 놓은 돌멩이 하나까지도 예쁜 곳이다. 그러고 보니 길상사는 모든 것이 디자인이다. 멋지고, 예쁘고, 아름답고, 값지다. 어디 한군데 허술한 곳이 없다. 정위 스님이 요리할 때마다 두르는 낡아빠진 앞치마까지 탐이 날 정도이다. 바느질하지 않았다면 벌써 버림을 받았을 낡은 앞치마는 그의 손길을 거쳐 새롭게 생명을 얻고 예술이 되었다.

산과 절의 경계를 긋는 벽은 온통 구워온 도자기 마감제로 가득하다. 얼마나 공을 들였는지 구석구석 손이 안간 곳이 없다. 위층으로 오르는 계단 곁에 아무렇게나 놓인 커다란 항아리에 또 아무렇게나 꽂아진 꽃들은 얼마나 그 손길을 받고 있었는지 화색華色이 조명을 대신할 정도다.

계단이며 복도의 타일에 탁본처럼 숨겨진 물고기들은 하늘을 날고 있는 목어들과 묘한 대조를 이루고 있다. 여기저기에서 숨어 들어온 빛이 어느 덧 길상사의 숨겨진 공간들을 묘하게 찾아낸다. 빛과 어둠의 조화가 절집의 신비를 더해주고 그런 아름다운 대조조차도 이곳에서는 예술이 된다.

과연 중생을 제도濟度하는데 커피는 얼마나 일조를 할까? 단순히 도를 설파하는 차원이 아니라 대화를 나누며 커피를 내리는 정성과 그 손맛이 얼마나 감동을 줄 수 있을지 자못 궁금해진다. 뒤꿈치 들고 조심스럽게 걸음을 옮기며 사진을 찍느라 긴장한 마음이 역력한 나를 불러 절밥을 비벼주시는 스님의 손길이라면, 길상사의 커피는 세상의 어느 카페의 커피보다 깊게 내려지지 않을까?

길 상 사 … 정 위 스 님
부처님이 만약 커피를 마셔보셨더라면 어땠을까? 세상을 아름다운 시선으로 바라보는 스님의 손끝으로 내려주는 커피는 중생을 위한 불심佛心이 담겨져 있다. 스님의 손맛에 사찰이 한 겹 더 해진다.

그저 안마당에 있는 너른 바위 위에 등을 대고 누워만 있어도 도道가
제 걸음으로 찾아 올 것만 같다.

삼청동의 꿈꾸는 등대

잠꼬대 somniloquy

⋮

삼청동 총리공관 근처

지극히 평범하게 직장 생활을 하던 한 사람이 회사를 때려치우고 카페를 열겠다고 말했다. 주변에서는 그저 꼬박꼬박 받는 월급으로 편하게 살라고 말을 덧댔다. 하지만 그러기에는 봄날의 코스타리카가, 여름날의 시원한 더치가, 가을 청명한 하늘 아래서의 탄자니아가, 눈발 어지러운 겨울날의 과테말라가 너무나 맛났다.

멈추지 않는 커피에의 유혹과 끊임없이 밀려오는 권태가 만나서 한판 승부를 벌였다. 결국 목련이 다 피기도 전에 그는 정성스럽게 사표를 썼다. 아닌 밤중에 잠꼬대 같은 일이 주변을 놀라게 했다. 카페를 하겠다고 으름장을 놓더니 결국 3년 만에 사고를 친 것이다. 오히려 왜 이렇게 늦게 시작했냐고 묻는 이들은 그를 잘 아는 몇몇 지인들뿐이다. 하고 싶은 것 못 견디고, 사고 싶은 것 역시 사고야 마는 그의 성격을 잘 아는 이들은 그가 입버릇처럼 말하던 카페를 벌써부터 가고 싶어 안달이 났었다. 최근 1년 정도는 커피 맛이 좋고 분위기 좋은 카페를 그야말로 이 잡듯 뒤지고 다녔다. 그의 직업 특성상 외근이 가능했던 점을 최대한 이용하면서 자신의 취향과 맞아떨어지는 곳을 눈으로, 입으로 확인하고 다녔다. 그리고 꿈에 그리던 예쁜 다락방 같은 카페가 어느 날 문을 열었다.

그의 카페가 있는 삼각지에서 도로가 좌우로 갈라져 있어서 밝은 2층 불빛이 마치 등대처럼 멀리에서도 보인다.

잠 꼬 대 somniloquy … 강 만 규

회사 때려치우고 카페나 할까봐, 이런 잠꼬대 같은 소리를 입에 달고 다니더니 결국 〈잠꼬대〉를 열었다. 문을 열기 전까지 꼼꼼하게 준비한 그의 열정에서 '잠꼬대'는 진실이 된다. 그는 카페에서 그동안 펼치지 못했던 상상력을 자유롭게 풀어놓고 있다.

사실 카페를 디자인하고 인테리어 하는 것은 대부분 인테리어 업자의 몫이다.
하지만 이곳 〈잠꼬대〉는 서양화가인 문형태 작가가 직접 손으로 만든 곳이다.

258

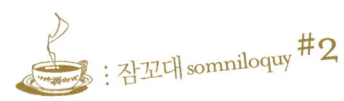

삼청동 금융연수원 근처에서 몇 발자국 더 올라가면 그의 카페가 보인다. 그의 카페가 자리한 삼각지에서 도로가 좌우로 갈라져 있어서 밝은 2층 불빛이 마치 등대처럼 멀리에서도 보인다. 이름난 맛집 골목, 그 끝자락에 자리한 소담한 2층 카페. 좁고 하얀 계단을 따라 올라가 문을 열면 온통 프로방스 풍의 테이블과 의자들이 자리하고 있다. 카페가 그리 크지는 않지만 상당히 넓어 보이는 것은 순전히 밝은 색의 톤과 이곳을 처음부터 디자인한 작가의 노력 때문이다.

카페를 디자인하고 인테리어 하는 것은 대부분 인테리어 업자의 몫이다. 하지만 이곳 〈잠꼬대〉는 화가인 문형태 작가가 직접 손으로 만든 곳이다. 주인장은 3년간 머릿속에서 카페를 만들었다가 허무는 작업을 반복했었다. 그러다 어느 날 문형태 작가 전시회에 갔다가 혹시나 하고 인테리어가 가능한지 문의했다. 그리고 이어진 1년여 동안의 설득 작업, 드디어 작가가 자신의 작품으로 하나의 공간을 만들기에 이르렀다. 그야말로 카페가 하나의 작품이 된 것이다. 그래서 작가는 카페 한 가운데 자신의 트레이드 마크 같은 나무를 심었다. 벽에 그려진 작가의 그림에도 유사하게 그려져 있는 '지붕을 뚫고 하늘을 향하는 나무'는 상상력이 결국 하늘을 뚫고 들어가는 형상을 하고 있다.

깔끔하고 잘 정돈된 다락 같은 느낌, 정제된 소품들과 어우러지는 담박한 공간이 한 눈에 쏙 들어온다. 혹시나 작품으로써의 공간이 훼손될까 주인장은 소품 하나도 마음대로 놓지 못하고 작가에게 문의 전화를 건다.

"이런 거 하나 놔둬도 될까요?"

돌아오는 소리는 늘 똑같다.

"그냥 심플한 게 좋지 않을까요?"

직접 가보면 알겠지만 참 적절한 만큼의 규모와 색상이 조화를 이룬다. 진한 커피와

어울리는 밝은 톤의 실내 인테리어들과 자그마하고 각진 테이블과 의자들이 맞닿아 있는 곳에 통유리를 통과해 들어온 빛이 내려 앉아 카페 안을 환히 비추면 결코 부담스럽지 않을 만큼의 모습이 되어 지나는 객들을 손짓한다.

어느 날 문형태 작가 전시회에 갔다가 그에게 인테리어를 해달라고 매달렸다. 그리고 드디어 작가가 자신의 작품으로 하나의 공간을 만들기에 이르렀다. 그야말로 카페가 하나의 작품이 된 것이다.

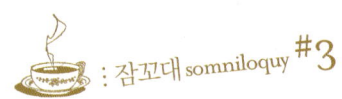

주인장은 하와이안 코나를 내려줬다. '그동안 짬을 내어 배워둔 커피 실력이 이 제야 드러나는구나' 할 정도의 맛이다. 군더더기 없는 맛이랄까? 아마도 주인장 의 성격이 드러나는 것 같다. 그는 커피를 좋아하고, 사진을 좋아하고, 이런 저런 것들 콜랙팅 하는 것을 좋아하고, 또 사람을 좋아하고, 맛난 음식 찾아다니길 좋 아하는 사람이니 그동안 봐두고 머릿속에 그려둔 맛이 어디로 가겠는가? 커피에 대한 기초도 훌륭한 선생들 밑에서 닦았고, 본인 스스로의 노력도 대단하니 카페 와 커피가 좋은 짝을 만난 듯싶다.

가게 이름에 관해 물었다. "그냥 단어가 좋아서"라고 머리를 긁적이며 대답하는 그의 눈이 참 선하다. 그는 이런 이름을 좋아할 만한 사람이 분명하다. 잠꼬대라 는 것은 하는 사람도 기억에 없고, 곁에서 듣는 사람도 그리 중요하게 생각하지 않지만, 무엇인가 보이지 않으면서도 아련한 실존이 교차하는 느낌이 있어서 좋 다. 어디선가 맛본 듯, 어디선가 들은 듯, 어디선가 경험한 듯한 그런 느낌과 맛이 랄까? 카페 〈잠꼬대〉와 그곳의 커피는 바로 그런 느낌이 물씬 풍겨난다.

대낮에 북적거리던 삼청동 맛 골목은 저녁이 되자 휑하고 한가해진다. 넉넉한 시 간을 자적하며 걸어내려오는 거리가 마음에 진득하게 사진처럼 붙어 있다.

잠꼬대라는 것은 하는 사람도 기억에 없고, 곁에서 들은 사람도 그리 중요하게 생각하지 않지만, 무엇인가 보이지 않으면서도 아련한 실존이 교차하는 느낌이 있어서 좋다.

카 페 연 락 처 및 주 소

커피스트 ··· 02-773-5555 서울시 종로구 신문로 2가 1-335

보헤미안 ··· 033-662-5365 강릉시 연곡면 영진리 181

학림 ··· 02-742-2877 서울 종로구 명륜동 4가 94-2

아라비카 ··· 054-248-0148 경북 포항시 북구 중앙동 74번지

칼디 ··· 02-335-7770 서울 마포구 서교동 330-10

허형만의 압구정커피집 ··· 02-511-5078 서울 강남구 압구정동 426 신현대상가 2동 107호

커피명가 ··· 053-254-0892 대구광역시 중구 삼덕동 3가 231

빈스톡 ··· 052-267-7847 울산시 남구 삼산동 1496-18

슈만과 클라라 ··· 054-749-9449 경주시 성건동 620-449

다동 커피집 ··· 02-777-7484 서울시 중구 다동 164-1 2층

클럽 에스프레소 ··· 02-3217-8711 서울 종로구 부암동 257-1

전광수 커피하우스 ··· 02-778-0595 서울 중구 남산동 2가 15-10 이토빌딩

휴고 ··· 051-256-0258 부산시 서구 서대신동 2가 68-1

커피가게 ··· 054 -534-0934 경북 상주시 서성동 127-3번지

커피한잔 ··· 02-762-6626 서울시 종로구 계동 70-1번지

커피 볶는 곰다방 ··· 전화없슴. 서울시 마포구 서교동 358-22 101호

나무사이로 ··· 02-6352-6358 서울시 종로구 내수동 71번지 경희궁의아침 2단지 102호

아포스트로피 S ··· 02-735-9888 서울시 종로구 통의동 7-37번지 1층

제너럴 닥터 ··· 02-322-5961 서울시 마포구 서교동 와우산길 98번지 3층

더 블루스 ··· 02-6408-7766 서울시 마포구 상수동 71-15 101호

세라도 ··· 055-386-9798 경남 양산시 웅상읍 주남동 943

길상사 ··· 02-883-7354 서울시 관악구 봉천 11동 180-2

잠꼬대 ··· 02-732-2001 서울시 종로구 삼청동 22번지 2층